장편소설

활천活泉 — 활천活川

김동곤 장편소설

활천活泉 — 활천活川

신아출판사

■ 차례

프롤로그 ·· 6

활천活川 ·· 8

실로암 ·· 17

사시斜視 ·· 34

가위叉乂 ·· 51

천원天元에 놓는 돌 ·························· 68

아픈 식탁 ·· 77

1-1=1 ·· 86

담 구멍 ·· 106

그 어머니의 신령 ·························· 123

父-八=乂 ·· 134

아버지 사촌 ……………………………… 145

반절半切 ……………………………… 158

고양이탈바가지모자 ……………………… 167

활천活川고개 넘기 ……………………… 173

빈 들 ……………………………………… 192

결미結尾를 위하여 ……………………… 202

객관식 ③소설, 예수 …………………… 213

신어산神魚山에 올라 …………………… 234

활천活泉 — 활천活川 …………………… 238

에필로그 ………………………………… 244

프롤로그

　　오래전에 쓴 나의 중편소설 '구두를 닦는 사람'을 개작하였다. 40여 년 전, 실제로 겪었던 이야긴데 한 가족 인물들의 이름은 바꾸었다. 눈귀 깊은 곳에 들어와 박힌 이야길 소재로 쓴 소설이다. 차갑고 수상한 바람이 불었던 고개를 넘어 김해(金海) 활천(活川)의 한 골목으로 들어섰던 이야기다. 활천(活泉)을 뒤에 은근히 끌어와 붙이는데 앞세운다. 소설로 된 작은 것, 큰 것 하나씩만 예를 든다. 바꾼 이름 姜乙秀, 姜은 바뀌어서 '강'도 아니고 '가양'도 아니다. '가양'으로 정한 것, 예리함이고 애정이다. 실제 이름 그 이상일 수가 있다. '활천(活泉)–활천(活川)' 속에 이음줄표(–)를 쓴 것, 이런저런 바람이 섞인 물결 속에 신어(神魚)나 가야(伽倻)를 넣은, 진실성이 충만한 작의(作意)다.
　　악령의 바람 속에서 '父-八=乂(예), 1-1=1' 공식이 나온다. 한 사람이 떠난 자리에 아픔은 남고 그 아픔이 만남일 수 있다. 그 자리가 가족일 때에는 아픈 식탁이 된다. 바람이 이는 그 골목에 수많은 사람들이 아픔을 안고 지나가거나 산다. '乂+八=父 1+1=1'은 성령의, 플러스 공식의 기류다. 복된 만남인데 위 八을 되찾거나 소원하는 쪽의 조화 화합 창조 등의 모양이 된다. 좋은 부자간으로, 부부로 만나며 영적인 악수(握手)를 할 수도 있는, 사람 사는 골목의 식탁이 될 것이다.

겉이 중요하고 속은 더 중요할 수가 있다. 1인칭서술자인 내가 3인칭 인물들을 가상의 공간에서 잠시 만나기도 한다.

이 소설을 쓸 수 있도록 활천고개를 넘게 해주신 나의 주 하나님께 감사드린다. 책 내기가 쉽고도 어려운데 어려운 쪽, 기획출판으로 독자들에서 선보이게 해주신 신아출판사 서정환 대표께도 감사드린다.

2024. 5.

활천活川

 고개, 바람이 찼다. 흙먼지를 일으키거나 지푸라기를 날아 올릴, 좀 스산한 바람이 군데군데 도사리고 있었다. 전에 살던 곳에도 고개가 있었는데 고개 바람이 보인 것은 이번이 처음이었다. 고개는 산이 길로 내어준 곳인데 산의 바람 정도는 있기 마련이다. 뒤에 안 이름인데 신어산(神魚山) 기슭의 활천(活川)고개였다. 그 고개 너머 동네가 활천이었다. 행정상의 지명은 삼정동(三政洞)인데 활천이란 이름을 더 많이 썼다.
 "동네도 많고 집도 많은데 우리 셋 들어갈 방 하나 구하기가…….."
 업고 가던 애를 나에게 넘기면서 아내가 말했다. 애를 받아 안고 고갯길을 걸어 올라갔다.
 "방 하난 이미 구했잖아, 당신 서방."
 아내의 푸념에 싱거운 농담으로 위로했다. 다리가 아프고 발이 부르틀 정도로 지쳐 있었다. 다리품을 들여 알아본 고개 이쪽의 방들은 지웠다. 고개 너머 활천 쪽으로 넘어가고 있었다.
 "춥다. 서방 잘 만나 이 고생, 고개를 넘네. 서방인지 남방인지 방은 방인데 못 쓰는 방."
 농담에 대한 반응인지 날씨에 대한 감응 표현인지, 아내의 말이 찬바람에 섞였다. 고개는 그리 높거나 길어보이지는 않았으나 고개는 고개였다.
 "좀 고치면 쓸 만한 방이다. 이 고갤 넘으면 쓸 만한 방 있을 거다."
 아내의 눈에도 어른거리는 바람이 보이는 듯했다. 바람을 막을, 이왕이면 남향집의 좋은 방을 구해 아내를 좀 편안하게 해주고 싶은 맘 간절했다.
 "좀 큰 방에 작은 부엌방 하나 딸린, 조용한 집이면 좋겠다."
 힘든 다리품으로 고개를 따라 오르면서 아내가 말했다.
 고개 마루 근처에서 몸을 좀 구푸려 구두를 닦고 있는 한 남잘 보았다. 왼편 동산으로 오르는 계단 초입 바윗돌에 남자는 한쪽 구두를 올려놓고 있었다.

"말씀 좀 물어........"

입술까지 닿은 그 말을 입 밖으로 내지 못한 것은 그가 왼쪽 것으로 바꾸어 흙먼지를 닦아내고 있었기 때문이요 거기가 복덕방(부동산 중개업) 주인은 아니기 때문이었다. 고개를 넘기 전 세 군데 복덕방에 들렀다. 그가 복덕방 주인은 아니더라도 왼쪽 것으로 바꾸지 아니하고 그냥 바로 일어섰더라면 물어보았을 것이다. 그가 그런 자세로 그냥 있더라도 물을 수는 물론 있었다. 그가 일부러 하던 일을 멈추며 허리를 펴고 서서 돌아봐야 하는 번거로움이 나에겐 부담이 되었다. 좀 기다렸다가……. 기다리는 것도 어색한 일이어서 그를 그냥 지나쳤다.

좀 가파르고 흙길인 고개였다. 그도 곧 바로 일어서서 이 고개를 넘을 것이다. 우리가 올라온 고갯길로 걷다가 시내에 들기 전 한 번 더 구두의 흙먼지를 털어낼지도 모른다. 신사 구두에 이 고갯길은 적당하지 않았다. 이런 흙 고갯길에 양복차림도 적당하지 않았다. 길에서 만난 사람에게 너무 신경을 쓰는구나, 한마디 말을 물어보지 못한 아쉬움 때문이기도 했다. 그가 거기 없었더라면 그 바윗돌에 기대거나 좀 앉았다 갔으면 했다. 그는 말을 물어볼 수도 있었던, 그러면서 동산 입구의 바윗돌을 차지하여 쉬지 못하게 방해한 사람이기도 했다.

해지기 전에 방을 구해 얼른 무직한 다리를 쉬게 하고 싶었다. 고개를 넘어 마을로 들어섰다. 가게 주변에 사람들이 몇 모여 있었다.

"말씀 좀 물어보겠습니다. 방을 구하는데……."

가겟집은 복덕방 간판은 달지 않아도 그런 일을 부업으로 하는 것처럼 느껴졌다.

"형문이네 집이 있긴 하지만……. 여기서 가까운데, 가서 보긴 보세요. 잘 보고 하세요."

말없음표나 반점이 들어간 말, 고마웠다. 정확한 위치가 어디냐고 물으려는데 그 중의 한 사람이 우릴 잡아끌었다. 사십대 중반의, 과체중의 여자였다. 큰 여자였다.

"그 집, 가까워예. 그 집, 참 조용하고 괜찮아예. 내가 잘 아는 집인데, 같이 한번 가 보입시더. 그 집 아저씨, 가양, 아까 고개에서 만나지 않았는지 몰라. 아까 고개 쪽으로 올라가는 것 같았는데……."

반점을 많이 넣은 말, 아깐 좀 흐렸는데 이번엔 반대로 명료했다. 명료하지 않은 한 단어가 있긴 했다. '가양'인데 성(姓)을 늘인 말 같기도, 별명이나 직함(職銜) 같기도 한 말이었다.

"구두를 닦던……. 한 아저씨, 봤어요."

아내는 가겟집 여자의 아투로 말하면서 눈은 큰 여잘 향했다. 가까이 접근하여 친절을 베푸는 그 여자가 고마웠고 또 고개에서 만난 그 아저씨로 인하여 아 우리가 들어갈 집으로 예정된 것이로구나, 아내는 어쩜 그런 생각으로 반색을 하고 있는 듯했다. 먼 길, 내가 구한 몇 집을 퇴짜를 놓고 그리고 여기저길 더 톺았다가 고개를 넘어 온 아내였다. 얼른 집을 정하여 마루에 한번 앉아보기라도 해보고 싶은 심정이었다. 이번에는 제발 아내의 눈에 들기를 바라며 그 여자를 따라갔다.

姜乙秀, 세로글 원목문패가 걸려있는 집 대문을 큰 여자가 가만히 열었다. 말대로 퍽 조용해 뵈는 집이었다. 전세를 놓기에는 적당하지 않은 아담한, 전형적인 개인주택이었다. 집 전쳴 내놓았을 수도 있었는데 그런 경운 우리에겐 버겁고……. 그런 눈 말을 뼈물면서 우리는 집안을 살폈다. 집안을 살피다가 아내보다 한 걸음 뒤에서 다시 보인 것이 있었다. 한자로 쓰인 문패였다. 아, 저 姜. 姜을 조금 전에 들은 말 '가양'으로 읽었다. 동네사람들이 그를 강을수, 강씨, 강가(姜哥), 강 등으로 부르는 말을 앞으로 듣게 되는데 나는 그 중의 강을 늘인 '가양'으로 부르기로 했다.

"정 권사, 어서 와요."

그 집 안주인으로 보이는 여자가 집 안에서 나와 큰 여자를 향해 인사 했다.

"방을 구한다 해서 모시고 왔어요, 내가."

큰 여자가 얼른 말했다.

"권사님이시군요."

아내가 큰 여자에게 새삼스럽게 인사를 했다. 집주인여자를 바라보는 게 우선순위고 중요한 일인데 아내는 그 중요도나 순서를 어겼다. 큰 여자가 고개를 끄덕였다.

집주인여자가 한 방의 문을 열어보였다. 그 집 구조로 보아 큰방이었다. 큰방을……? 좀 아닌데 하고 있는데 아내는 그 방을 보는 둥 마는 둥 하면서 같이 간 큰 여자에게 자꾸 말을 걸었다. 어느 교회에 다니는지, 무슨 교파인지, 낮 예배에 몇 명쯤 출석하는지, 목사님 좋은지 등을 물었다. 집주인여자는 둘의 대화에 인내를 가지고 기다려주었다. 교인들은 만나면 말이 많다. 집주인여자는 그런 사실을 미리 알고 있는 듯한 얼굴이었다.

큰방 말고 마당과 골목에서 가까운, 나란히 붙어 있는 갓방이 둘 있었다. 갓방에 먼저 눈이 갔기 때문에 안 본 방이 하나 더 있었다. 마루 서편 부엌이 딸린 작은 방이었다. 큰방과 부엌 딸린 방, 갓방 둘 하여 그런대로 두 집이 살 수 있는 구조이긴 했다. 큰방을 먼저 보여주었긴 해도 나란한 갓방이 세를 놓을 것이로구나, 여기면서 아내의 눈치를 살폈다. 아내의 판정이 내리기 전에 집주인여자가 말했다.

"큰방을 써요. 우린 식구가 없어요. 바깥양반과 둘밖에 없어요. 사실 갓방 둘도 우리 내외에겐 널러요. 큰방하고 부엌방 둘 써요. 전세금 걱정 말고……."

"미안해서 어째요."

아내가 두 여자를 번갈아보면서 말했다.

"괜찮아요. 큰방 차지해서 이 댁에서 주인노릇 좀 해줘야 돼요."

큰 여자가 이 집 사정을 잘 아는 듯 대신 말했다. 둘뿐인 집주인 식구는 낮에 집을 비우는 경우가 많기 때문에 세 든 사람이 주인처럼 살면 된다는 뜻이었다.

"하지만 미안해서 어쩌죠."

별로 미안하지 않은 얼굴로 아내는 집주인여자에게 다짐하듯 다시 말했다. 미닫이로 나뉜 두 개의 갓방을 건성으로 한 번 둘러보았다. 갓방은 아무래도 살림방으로는 적당하지 않았다. 비좁고 뒷방은 어두웠다. 뒷방 곁에 딸린 부엌은 자취하는 학생들에게나 적합했다.

그 집을 나오면서 아내는 나의 의향을 물어보지도 않고 언제쯤 이살 오면 되느냐고 집주인여자에게 물었다.

"아무 때나 좋아요. 이왕 올 바에는 하루라도 빨리 와요. 너무 적적해서……. 사람이 있어야 살맛이 나지."

아내는 벌써부터 이 집에서 애 울음소리를 듣고 있었다.

"아저씨에겐 물어보지 않아도 돼요?"

집주인여자와 아내 둘 다 들으라고 내가 한마디 했다. 고개마루 근처에서 구두를 닦던 남자의 얼굴은 떠오르지 않았다.

"당신 직장 가깝지, 책보기도 좋고 이 정도면 됐잖아요."

나에게 한마디 동의도 구하지 않고 혼자 결정해버린 것이 좀 미안한 듯 아내가 말했다. 전세금이 다른 집보다 싸고 큰방을 차지하여 살게 된 것이 너무 뻔뻔스럽고 좀 얌체 짓이 아닌가 생각하고 있는데 아내는 내 사정 탓으로 돌렸다. 우리가 준비한 전세금이 짧고 직업상 책을 늘 봐야 하는 나의 생활을 도우기 위해 예비 된 방이라도 된 듯 아내는 흡족해했다.

책보기에 대한 것, 더 정확한 말은 글 쓰는 것이다. 아내는 내가 글 쓰는 것을 싫어했다. 등단도 못한 주제에……. 글을 쓸 때에는 주로 전자 타이프를 사용했다. 받침이 왼쪽에 따로 있는 공병우타이프, 기계식보다는 좀 덜하지만 따닥따닥 그 소리를 아내는 무척 싫어했다. 받침이 있을 때 초성과 중성이 움직이는 다른 타이프에 비해 처음 획이 움직이지 않고 속도감도 낼 수 있는 그 타이프를 나는 좋아했다. 아내가 싫어했기 때문에 아내와 집에 같이 있을 때에는 가능한 한 타이프 앞에 앉지 않고 앉더라도 종이에 글을 썼고 책 본다고 했다.

"뭐 해요?" "책 좀 보고 있어."

책 오래 보는 것도 아내는 싫어했는데 방 구하면서 아내는 나의 이런 일을 배려하는 말을 했다. 이런 방을 구한 것이 순전히 자기의 공임을 은연중 내세우는 아내가 밉지는 않았다. 직접 말하지는 않았지만 가게 앞에서 그 집까지 착실히 따라가서 문을 열어준 큰 여자의 덕도 뺄 수 없었다. 더 나아가 아내는 입속에 담아둔 말이 있었다. 서로 소리가 되지 않은 말을 한마디씩 주고받았다.

"교회 다니면 처음 밟는 땅에서도 도우는 사람이 있어. 옆 큰 발걸음……."

"친구 하나 빨리도 생겼네. 내 책 좀 보게 바깥 친구 좀 많이 생겼으면 좋겠다."

가겟집 앞에 모였던 사람들은 가고 없었다. 아까 가겟집 앞 한 여자의 말이 좀 켕겼으나 동행한 큰 여자에게 그 말을 물어보지 못하였다. "형문이네 집이 있긴 하지만……. 여기서 제일 가까워서, 가서 보긴 보세요. 잘 보고 하세요."

그 골목에도 바람이 불었던가? 불었다. 날 선 바람이 말없음표와 반점을 섞은 말을 던지며 큰 걸음으로 다가오거나 스쳤다. 낯을 스친 그 바람, 고개에서 맞았던 것이었다.

실로암

    우리는 예정대로 이살 했다. 큰방 뒷벽에 붙여 장롱을 넣었고 가구들이 제 자리에 앉자 아내의 얼굴에 평온이 깃들었다. 그날 저녁에 주인집 남자, 강을수와 전세계약을 하고 전세금을 일시불로 지불했다. 들어오고 나서 해도 된다는 주인집여자의 배려 때문에 그렇게 했다. 계약서에 삼정동 몇 번지가 들어갔다. 훗날 활천로(活川路) 몇으로 바뀔 것은 상상도 할 수 없었고 그래도 상관이 없는 일이었다.
    절간처럼 조용한 집이었다. 조용한 집을 원했던 아내마저 너무 적적해서 사람 살맛이 나지 않는다고 할 정도였다. 그런 중에 이웃이 하나씩 생겼다. 동네 사람들이 이 집을 형문이네 집이라고 하였는데 살림 나간 아들 이름 정도로 들렸다. 우리가 애써 알려 하지 않아도 이 집의 내력을 이웃들에 의해서 한 가지씩 알게 되었다. 그 중에 이집 아들에 대한 것은 그저 들어둘 이야기가 아니었다. 먼저 안 아내는 며칠 동안 이 사실을 나에게 숨겼다. 그런 사실을 숨긴 아내의 얼굴에 어두운 그늘이 깃들어 있었다.

"당신 무슨 걱정이라도 있어 보이는데……."

아내의 얼굴을 보며 말했다. 아내는 마지못해 하며 들은 걸 이야기했다.

"이 집 아들이 실로암요양소란 곳에 있대요."

"실로암?"

'요양소?'라고 물어보는 게 맞았다.

"정신병환자 수용소래요."

아내는 요양소를 수용소로 바꾸어 말했다. 감금되어 있다는 뜻으로 들렸다. 정신질환자인 아들이 하나 있다는 것과 그 아들이 그런 환자 수용소에 들어가 있다는 사실인데 놀랍다면 놀랍고 대수롭잖다면 별것 아니었다. 우리와 무슨 상관이 있느냐. 그러나 아내의 걱정은 남의 일이 아니었다. 우선 당장은 걱정할

바가 없으나 병이 덜할 때엔 집에 나와 있을 때가 있었다는 것이었다. 두 번을 그렇게 했다 한다. 그때마다 분탕을 일으켰고 세든 사람은 쫓겨났고 그를 다시 거기 들여보냈다 한다. 방 구해 나가면 되지. 그것도 단순한 문제가 아니었다. 전세금도 돌려주지 않고 쫓아냈다고 소문이 났다. 운이 좋아 우리가 이 집을 잘 얻었다고만 생각했던 게 잘못된 것이 아닌가 하는 생각이 들게 되었다. 요양소와 수용소의 차이, 우리가 걱정하는 문제일 수 있었다. 그 앞에 붙은 이름, 실로암이란 말이 무슨 뜻인지조차 알아볼 여유를 우리는 빼앗겨 갔다. 그 이름은 당장 우리에게 불안한 현실이었다. 그 불안한 이름에 반 정도 감금되었다.

"실로암이라든가, 요양소 간판이 달린 곳인데 요양소는 아니고 정신병환자 수용소지. 아, 미친 사람 가두는 그런 곳 말이에요." "한 번씩 나왔어요, 두 번이었지 아마. 분탕을 일으키고 다시 거기 끌려갔지요." "두 번 맞아. 세든 두 집, 전세금도 받지 못하고 나갔지. 그런 집에서 배길 수 없잖아. 아, 물론 그 작자가 없을 때 세 들어갔다가 그 작자가 거기서 나와 한집에 같이 살기가 어렵게 되었지요." "그런 집 소개한 사람 대강 누군지 아는데, 한 동네에서 그 집 사정 모른다 하는 거 말이 안 되고 꿍꿍이속이 있어 보이는데 남의 일, 내가 다 알 수도 말하기도 힘들고……. 당동년, 악질이야."

이웃 사람이 아내에게 들려준 말들이었다. 정신병환자인 아들을 그냥 거기 평생 있게 한 것이 아니고 두 번을 집에 내 왔단 말이 마음에 걸렸다. 집에서 분탕을 일으켰고 세 든 사람이 쫓겨난 것에 문제가 있었다. 주민 신고에 의해서 경찰과 그쪽 직원들이 나와 붙들고 갔다는 게 문제가 되었다. 그게 바로 우리 앞일이란 게 문제가 컸다. 소개한 사람의 꿍꿍이속에 대해서는 확실한 것이 아니어서 말하기 힘들었다. 당동댁이란 그 집주인 여자 칭호였다. 이 칭호, 동네사람들은 당동댁이라고도 당동띠기라고도 당동이라도도 당동년이라고도 불렀는데 나는 당동댁을 택했다.

전에 세든 사람이 할 수 없이 쫓겨났고 전세금은 아직 해결되지 않았다는 걸 직접 나의 눈으로 본 적이 있다. 그런 류의 사람이 이 집에 찾아온 적이 있었다. 찾아온 사람과 당동댁과의 주고받는 말을 통해서 우리 앞에 세 들었던 사람이구나, 얼른 짐작할 수 있었다.

"며칠만 좀 일찍 오지. 다른 곳에 뺏겨 버렸구만요."

당동댁이 말했다. 온 사람은 가만히 섰다가 갔다. 꼭 가만히 섰다가 간 것은 아니었다. 너무 조용히 묻고 돌아서서 그렇게 보였다.

"언제쯤 한 번 더 올까요?"

조용한 것은 무엇을 의미하는가? 지쳐 포기한 쪽이거나 무슨 일이 터지지 않으면 가망성이 없는 태풍의 눈 속에서의 꿈틀거림, 둘 중의 하나로 보였다. 무슨 일은 알 수 없었다.

"보름, 넉넉잡고 보름 뒤엔 돈이 좀 나올 데가 있어요."

당동댁이 돌아선 그 여자의 뒤통수에 대고 차갑게 말했다.

우리의 전세금으로 어디 썼는지, 무슨 빚을 갚았는지 의심이 들었다. 전세금 일부는커녕 한 푼도 받아 나가지 못했다는 말을 이웃에게 듣고부터는 불안한 마음이 더 커졌다. 이번에는 우리 차례였다. 전세든 사람을 내쫓기 위해 실로암에 있는 아들을 이용했다는 사실은 참으로 우리를 두렵게 했다. 물론 당동댁이 들으면 도리어 노발대발할 말이지만 이웃들은 그런 방법, 사실을 다 알고 있었다.

"아들, 끌어내어 집에 들여놓고 전세든 사람 그냥 내쫓았어요. 두 번 다 그랬어요."

불안한 아내의 묻는 말에 다른 이웃도 같은 말을 했다. 정신질환에 차도가 없는데도 순전히 보호자 측의 요구에 의해 끌어내왔고 그것은 곧 세입자에 대한 가해 원인행위가 되었다는 말이었다. 우리 앞에 전세든 두 집이 피해를 이미 입었다. 이젠 그런 짓을 설마 하지 않겠지 하면서도 그런 경우의 일 때문에 불안하고 두려운 마음을 금할 수 없었다. 설령 세 번째, 우리 집에 그런 일이 일어난다고 하면 고소라도 할 수 있다는 독한 마음을 먹어보기도 하였다. 위험한 환자를 세 번이나 내오는 자체가 주거 위협이 되는 것이며 거기다 세입자를 내쫓을 의도까지 곁들여 있다면 분명 범법 행위라고 규정지을 수 있는 것이다. 바른 도리나 절차는 세입자에게 먼저 전세금을 주어 다른 집을 알아보게 하고 자기 아들을 내오는 것이다. 그런데 두 번을, 두 번 다 그렇게 하지 않은 선례가 문제다. 세 번째인 우리 경우는 예외라고 장담하기가 어렵다. 우리에겐 전세금이 큰 재산이었다. 고발, 소송 문제 절차나 방법을 법률사무소에 물어보기까지 했다. 답은 해도 되는데 안 하고 해결하는 게 좋다고 했다. 우리 앞에 세 들었던 사람들도 그런 답을 들었을 수도 있고 지금까지 다리품을 들여 돈 받으러 오고 있었다. 왔다가 조용히 돌아서서 갔다. 믿을 수 없는 다음 약속일에 또 그런 발걸음, 돌아섬을 할 것이다. 우리에겐 예상도 못한 걱정거리가 생겼다. 아내와 나는 앞으로 닥칠 문제에 대해서 요모조모로 궁리해봤으나 묘안이 나오지 않았다. 날이 갈수록 답답해졌다. 기분 나쁘게 한 소문이 또 있었다. 그 집을 소개하기 위해 우리와 같이 안동했던 큰 여자, 정 권사에 대한 소문이었다. 그 집과 무슨 사정이 있어 보여서 누가 짚어본 말에 실토했다.

"그 집에 빌려준 돈을 아직 못 받았어, 정."

'정' 뒤에 이름이나 씨나 권사를 붙이지 않고 짚어본 누가 소문을 냈다. 정씨의 옳지 못한 소행이 탄로가 났다. 형문이네 집과 채권 관계로 있으면서 돈을 받기 위해서 세들 사람을 소개했다. 오직 자기 돈을 받기 위해서 그 집의 가족관계나 그 전의 세든 사람들의 일을 숨기고 고개를 넘어온 사람과 안동해서 그 집에 갔다.

"당신 나가는 교회 사람 나쁜 사람이네."

아내에게 말했다.

"그 사람 욕하지 말아요, 괜히. 전에 그런 일이 있었다손 쳐도 이번엔 아직 일어난 건 아니잖아요."

괘씸하게 여기면서도 아내는 그 여자를 변호했다.

"그건 그래. 허지만 우리 앞에 세든 사람 일 알고 있었다면 미리 알려주든가 소개하지 말아야지. 가겟집 앞에서 잘 보고 하라는 옆 사람 말이 좀 걸렸는데 너무 쉽게 결정했어."

"욕하지 말라니까."

"어이가 없잖아. 자기 돈 받을라고 우릴 끌어넣었다면 나쁜 사람이야. 교인도 아니고 그런 사람 다니는 교회, 당신 나가지 말든가 바꾸든가 해."

"아직 일어나지 않은 일, 사람을 먼저 바라보면 안 돼요. 살아 계시는 우리 하나님께서 이집 아들 나오지 못하게 하시든가 또 무슨 뜻이나 길이 있을 거에요. 사람의 행월 먼저 바라보고 미워하든가 걱정하면 안 돼요."

아내도 사실 말은 그렇게 하면서도 이웃으로부터 들은 소문, 자기 돈 받기 위해서 우릴 소개했다는 것을 듣고 내심 분개했다. 아내는 자신의 말로 자신을 위로했다. 사람이면서 사람을 바라보지 말라니, 그런 아내가 딱했다. 걱정하고 있으면서 걱정하면 안 된다고 했다. 눈에 보이지도 않는 신에 의지하는 아내가 딱하면서도 그 사람을 미워하지 말라고 하는 것이 위선으로 보였다. 마음 같아서는 달려가 싸움질이라도 한판 하고 싶었다. 아직 일어난 일이 아니어서 그럴 수 없었다. 서로 창피한 일이고 전세금을 돌려받는 일에도 도움 될 건 없었다. 하여튼 아내는 현실적으로 벌어질 일과 지금까지 지켜온 신앙 사이에서 고민했다. 이 집 아들만 나오지 않으면……. 그래 그 사람만 나오지 않으면 이 집에 사는 동안의 문제는 별로 문제될 게 없다. 두 달이 지나도 그는 나오지 않았고 나온다는 말도 없었다.

궁금하기도 하고 안달이 나서 하루는 그의 어머니인 당동댁에게 물어보았다. 조심스런 말이라서 다른 말로 너스레를 좀 떨다가 슬쩍 물어보았다.

"아들냄이 좀 어때요. 요양소에서 치료받고 있다면서요."

수용소라고 말하지 않은 것 잘했다. 당동댁은 얼른 거기 답했다.

"실로암이란 곳이에요. 병이 좀 심해요."

"좀 나으면……. 나아 나올 수 있나요?"

두근거리는 가슴을 일부러 누르며 말했다.

"좀 심해요. 가망이 없어요, 이젠."

잘 물어봤다. 괜한 걱정을 했구나. 우리는 인정상 안됐지만 병이 그대로 지속되어 그가 집으로 나오는 일이 없기를 바랐다.

그러면서도 지워지지 않는 불안감을 갖고 또 한 달을 지냈다. 그가 거기서 나와 집으로 다시 돌아왔을 때 가상되는 모든 상황을 예상해보기도 했다. 집 안은 무척 살벌한 분위기로 바뀔 것이다. 눈빛은 어떨까? 손은 어떨까? 짐승이나 악마의 눈빛과 언제 질서를 파괴할지도 모르는 손……. 아내 혼자 있다가 변을 당할 수도 있다. 사십 여 평밖에 안 되는 집 울안에서 우리가 당할지도 모를 위험성은 측정할 수 없는 것이 될 것이다. 당동댁이 항상 그를 붙들고 있지도 못할 것이고 때로는 아내와 그 둘만이 집에 남아있을 수도 있을 것인데 예삿일이 아닐 것이다. 아직 돌도 지나지 않은 우리 애는 사람 수에 넣지 않았으나 걱정 대상으로는 하나 이상이었다. 화기를 가지고 화약고에 들어있는 격이 될 것이다. 묶어둘 수도 있겠지. 그러나 그럴 리가 없다. 묶어둘 정도면 내오지도 않을 것이다. 이웃들의 친절한 말에 의

하면 그를 묶어둔 적이 없다고 했다.

"정신질환자이긴 해도 그 집에서는 얼마나 귀중한 아들인데 묶어두겠어요."

그가 나오기 전에 집을 옮겨볼까도 수없이 생각해보았다. 우리가 나가려고 하면 전세계약 기간이 끝나기도 전이어서 전세금을 받아 나가기가 어려워질 것이다. 우리 앞의 두 집보다 더 어려워질 것은 뻔했다. 우리 앞의 두 집의 경우는 집주인이 자기 아들을 이용하여 계약 기간이 끝나기 전에 자기들이 나가겠다는 말이 나오게 했다. 아내는 그런 말 아예 꺼내지도 말라고 못을 박았다. 몇 달이 지나도록 괜찮았는데 아직 일어나지도 않은 일을 가지고 괜한 걱정이라고 핀잔을 주었다. 그러나 우리는 가슴 한쪽에 자리한 불안한 그림자를 떨쳐버리지 못했다.

당동댁에게 한 번 더 그네 아들의 병세에 대해서 조심스럽게 물었다. 위로하는 투였으나 사실 께름칙하게 지워지지 않는 걱정 때문이었다. 불행 중 다행으로 기대할 수 없다는 같은 대답을 받았다. 나는 그녀에게 무례하게도 한 가지 방안을 제시했다. 종교적인 힘에 한번 매달려보면 어떨까 하는 것이었다. 겉으론 물론 그 집을 위해서였고 속셈은 우리가 그 집에서 나가지 않아도 될 방안 제시였다.

"집에 데리고 올 궁리는 아예 말고 절에서 넉넉잡고 한 3년만 지내게 해보세요. 좋아질 것입니다. 조용히 불공도 들이며 요양을 하면 분명히 효험이 있을 것입니다. 차도가 있을 것입니다."

좋아지고 효험이 있고 차도가 있을 것이다. 믿음을 가지고 점쟁이 같은 말로 권했다. 당동댁이 한 번씩 불공 들이러 가는 것을 나는 알고 있었다. 그런 병을 가진 사람이 세상으로 나오면 생활환경이 바뀌기 때문에 더 도질 수가 있다는 말도 했다. 이것은 두 번 내와서 실패한 예전 일을 깨우쳐 준 것이었다.

"그렇잖아도 전에 두어 달 절에 한번 넣어본 적이 있어요. 같이 거기서 기걸 했죠."

"잘 했네요. 근데 왜?"

"경비가 많이 들고 집안일할 사람이 없어서 그만두었지요."

당동댁이 말했다.

"두어 달로써는 어렵지요. 한 3년은 있어야 죽이 되든 밥이 되든 하지 않겠어요. 한 생명을 구하느냐 못 하느냐 하는 판국인데 집안일은 좀 접어두어야지요. 절에서 공양주 노릇이라든가 행자생활이라든가 하는 거 있지 않습니까. 불공을 계속 들이면 틀림없이 좋아질 거에요. 아 그러다가 불자(佛子)가 되어버려도 괜찮잖아요. 거기 혼자 두고 내려와도 되죠, 그 때쯤엔. 그 동안에 아저씨 식사 문제, 좀 걱정이 되겠군요. 아저씨도 자기 아들인데 그런 고생쯤은 당분간 감수해야죠."

실로암 27

나의 제안은 그녀에게 새삼스러운 것은 아니었으나 가만히 귀를 기울였다. 확실한 답변을 참 듣기 힘든 여잔데 잠깐 생기가 돌 정도로 기대감을 표시했다. 고개를 두어 번 끄덕였다.

"정신병이란 건 환경이 무엇보다 큰 비중을 차지하는 거지요. 집으로 데리고 나왔기 때문에 더 도지고 차도가 없는 겁니다."

나는 그녀에게 정신병 전문의라도 된 것처럼 말을 덧붙였다. 경비 문제까지 걱정을 해준 것은 정도에 지난 일이었다. 그러나 가장 중요한 것은 경비 문제였다.

"따님에게 통사정을 해보고 안 되면 친인척에도 변통을 해보셔야지요."

직접 우리가 얼굴을 본 적은 없지만 미국으로 시집 간 딸이 있다는 걸 들어 알고 있었다.

"우리 딸애에게 한 번 더 사정을 해보지요. 몇 번 거기서 돈이 부쳐왔어요. 못나도 제 동생 잘나도 제 동생인데 어떡하겠습니까."

돈이 필요함을 인정했다. 살살이 그 집일을 걱정해주었지만 정작 나의 마음은 편치 못했다. 그것은 집주인이 걱정하고 결정해야 할 문제들이었다. 집주인 아저씨까지 들먹인 것도 내가 할 말이 아니었다. 사실 이 집의 법적 호주는 형문의 아버지 강을수인데 우리는 그의 어머니인 당동댁만 상대를 했다. 그도 그럴 것이 집주인 강을수는 평소에 얼굴을 보기 힘들었다. 그는 매일 말끔히 양복을 차려 입고 어디론가 출근을 한다. 그리고 일찍 들어오는 일이 거의 없고 밤에 소리도 없이 들어온다. 주정을 부리는 소리마저 내는 법이 없다. 섬돌에 낮에 없었던 구두가 놓이면 그가 들어온 것이다. 구두는 늘 깨끗했다. 우리는 그가 무엇을 하는 사람인지 잘 알지 못했다. 전세계약을 할 때 인사를 나누고 그 후도 몇 번 얼굴 정도는 본 적이 있지만 다섯 손가락으로 셀 정도다. 한마디로 그는 이 집의 시야에서 가장 뒤에 있는 사람이었다.

그날 저녁 나는 아내에게 심한 핀잔을 받았다.

"당신 말은 내오라는 거나 마찬가지예요. 왜 긁어 부스럼이에요. 두고 보세요. 내오지 않는가. 절은 또 무슨 절이에요, 뚱딴지같이……. 절이 병 낫게 하는 덴가요."

나는 궁색한 변명을 했다.

"아들을 위해서 공을 많이 들이고 있는 모양이야. 당신 믿는 기독교에도 거 신유의 은산가 뭔가 하는 게 있다면서?"

"모르는 소리 말아요. 교회 문턱에도 안 가본 사람이 은사라는 말은 주워들어갖고……. 아마 나을 것이다, 하는 위험한 말을 왜 해요? 지금까지 무슨 짓을 안 해봤겠어요. 그래도 집채나마 나 지닌 사람이……."

"두 번이나 내왔다 실패했는데 설마 집으로 또 들이기야 하겠어?"

아내의 핀잔을 받으면서 아무래도 내가 괜한 말을 끄집어낸 것 같은 느낌이 들었다. 이젠 그에 대해서 물어보거나 관심을 갖지 않아야겠다. 괜히 물어쌓으면 아내의 말마따나 기대치를 높여 정말 내어올 욕심을 갖게 될지 모른다. 절이 아닌 집으로 데리고 올 공산이 더 크다. 겉으로 우리는 그 일에 대해서 싹 잊어버렸다. 집주인의 환심을 사기 위해 신경을 쓰기도 하였다. 집안 경조사나 생일을 챙기고 별난 반찬이 있으면 그냥 있지를 않았다. 양말이나 치수가 맞는 내의류를 사서 선물을 하기도 했다.

나의 생일에 집주인 가양과 모처럼 대면을 할 기회를 찾았다. 음력 5일인데 공휴일이 된 날이었다. 섬돌에 잘 닦여진 그의 구두가 언제 외출할지도 모른다는 시간 강박관념을 주었다. 그리 새 구두는 아니었으나 빤질빤질 윤이 나는 검정색 구두였다. 그리 비싼 것도 아니었는데 어울리지 않을 정도로 윤이 나는 그것이 괜히 나를 주눅 들게 하였다. 내 신을 나란히 벗어두기가 민망하여 섬돌 밑에 벗어두었다. 그의 방문을 노크했을 때 그는 점잖은 목소리로 답했다.

"누고?"

"옆방 김 선생입니다."

잘 손질한 모시옷을 입고 있었다. 고고한 신사의 풍모가 그의 옷차림에서 풍겼다. 방 안은 담배연기가 자욱했으나 그리 거슬리지 않았다. 우리는 마루에 나와 앉았다. 아내가 준비한 음식을 먹으면서 이야기를 나누었다. 그는 시종 정치 이야기를 했는데 간간이 자신의 성공했던 인생편력을 섞었다. 인생편력의 제재는 주로 지방기자 생활에 대한 것이었다. 내가 일어설 때까지 아들 형문에 대해서는 일절 언급이 없었다. 다행이었다. 좀이 쑤셨으나 나도 거기에 대해서 말을 끄집어내지 않았다. 잊어버리고 있구나. 관심 밖의 일로 잊어가고 있구나. 관심 밖의 일이 하나 더 있었다. 우리 집 일이었다. 우리에 대해서도 관심을 주는 말이 거의 없었다. 전혀 없었던 것은 아니다. 한마디, 그리 싫지 않은 말을 인사 대신 던진 것은 있었다.

"글 쓰신다면서요? 신가 소설인가 산문인가······."

앞의 지방기자 생활에 대한 것보다 친근해진, 일상의 말이었다. 앞의 이야긴 일상의 것과는 거리가 먼 것으로 느껴졌다.

"네. 돈도 안 되는 글을 좀······."

서른 전엔 시를 썼고 서른 살 초반인 지금은 소설을 쓰고 있고 30년 쯤 후엔 산문을 쓸 수 있어서 네, 라고 답했다. 산문은 에세이를 염두에 둔 말이었다.

"소설, 제법 되었는데 참 안 돼요."

가앙의 관심을 보인 말, 한마디 더 물을 줄 알았는데 묻지 않아 내가 설명을 붙였다. 좋은 소설이 어렵고 등단을 아직 하지 못하였다는 말도 되었다. 아내가 싫어한다는 말도 하고 싶었는데 참았다. 아내가 고치기를 바라는 대표적인 것이 바로 그것이라는 말도 하고 싶었다. 돈도 안 되는 그것, 시간 낭비만 되는 그것 그만두라는 아내의 눈을, 비슷한 말을 나는 여러 번 보고 들었다.

집주인남자 가앙을 한번 만나도 그의 아들에 대한 일은 잊어지지 않았다. 내심 늘 불안한 마음이 우리 곁을 떠나지 않았다. 그런 중에 기어이 형문을 집으로 끄집어 내왔다. 퇴근하여 돌아온 나를 아내는 다짜고짜 붙들고 큰 눈을 해보였다. 그 방을 가리켰다. 겁을 집어먹은 아내의 눈에서 나는 직감적으로 지금까지 우리가 걱정하던 일이 터진 줄 알았다. 아내는 얼른 말을 하지 못하였다. 추석을 며칠 앞둔 날이었다. 섬돌에 못 보던 검정고무신 한 켤레, 그것이 바로 그가 나온 증거물이고 눈앞의 현실이었다. 나는 그 신을 신고 집으로 돌아온 그 집 아들의 얼굴을 보기라도 할 양으로 마루로 나왔다. 갓방으로 들어간 모양인데 굳게 닫힌 그 방을 바라보았다. 이상한 기류의 바람을 정적이 감싸고 있었다.

실로암.

실로암이란 뜻도 모르고 그곳이 어디 있는지도 모르면서 그 요양소 이름이 떠올랐다. 그 방의 닫힌 문에 그 이름표가 어른거렸다.

사시斜視

 "일 났어요, 기어이. 어쩌면 좋아요. 이 집에서 앞으로 어떻게 살아요, 여보?"

 마루에 나와서 서있는 나를 방 안으로 끌고 들어가서 아내가 말했다.

 나는 이상한 기류의 바람을 정적으로 감싸며 닫혀있었던 그 방을 생각하면서 괜히 가슴이 뛰었다. 아내의 말, 걱정이 바로 집 울 안 가까이 왔다. 이 집에서 어떻게 살 것인가. 그런 걱정을 같이 하면서도 그 방에 든 녀석의 얼굴을 상상했다. 어떻게 생겨먹은 녀석일까, 손은 얼마나 크며 눈빛은 어떠할까. 궁금증도 사실 불안함의 덧붙임이었다. 불안해하는 아내의 얼굴을 바라보면서 나도 불안해하고 있었다. 그러면서 한 가닥 희망, 우리 유리할 대로 생각해봤다. 절에 넣기 위해서 내온 것일 수도 있지. 이 생각을 아내가 듣도록 말을 내지 못했다.

"큰방을 쓰라고 할 때 조금 이상했어요. 그때 뭔가 눈치를 챘어야 했는데······."

이 방을 구하러 왔던 그날을 생각하며 아내가 말했다.

"며칠 기다려보지 뭐. 다른 병원에 넣기 위해서 내올 수도 있고, 아니면 많이 나아서 내온지도 모르니까."

절을 병원으로 슬쩍 바꾸었다.

"그럴 리 없어요. 전에 두 번이나 내왔다가 세든 사람 내쫓고 다시 거기 넣은 거 당신도 알잖아요."

거기란 실로암이었다. 아내는 실로암이란 말 대신 거기라고 했다. 실로암이란 성경에 나오는 연못 이름인 것을 나에게 설명해주지도 않았다.

"당동댁 아줌마가 뭐라고 하는 말이 있겠지 뭐."

아내의 말을 우선 접어두고 사태를 관망해 보고자 했다. 아무래도 일이 잘못되어가는 조짐이었다. 눈앞의 현실이 두려워졌다. 우리가 이곳으로 와서 이 골목으로 들어온 날, 그 시점 그 방향에 대한 후회와 낭패감에 젖었다.

"가겟집여자의 얼버무리던 말, 조금이라도 수상하게 느껴보지 못한 것 우리의 실책이기도 해요."

방을 구하러 고개를 넘어왔던 그날, 골목 초입의 가겟집 사람들의 말이 살아 떠올랐다. "형문이네 집이 있긴 하지만....... 여기서 가까운데, 가서 보긴 보세요. 잘 보고 하세요." 말없음표나 반점이 들어간 가겟집여자의 말이었다. "그 집, 가까워예. 조용하고 괜찮아예. 같이 한번 가 보입시더." 역시 반점을 많이 넣었으나 반대로 명료한, 옆 정씨의 말에 따라왔던 일.

"정, 그 사람이 그때 우리 눈을 가렸어, 사실."

참았던 말, 정씨를 입에 올렸다. 아내는 그녀를 밑으로 잘라 감추었다.

"오늘 저녁 지낼 일이 걱정되네요. 밤에 무서워서 어떻게 잠을 잘 수 있겠어요. 얼른 어떻게 된 일인지 알아보세요, 여보."

과거는 소용없는 일이었다. 아내의 성화에 그냥 앉아있을 수 없었다.

나는 마당으로 나갔다. 사람이 사는지 안 사는지 적막만이 감돌았다. 이것은 우리가 처음 이 집을 구하러 왔을 때 보았던 조용함과는 달랐다. 시멘트 마당 위에는 한 올 바람도 일지 않았지만 수상한 적막이었다. 좁은 화단, 몇 그루 나무의 커질 대로 커진 잎사귀는 눈을 달지 않고 있었다. 눈이 있더라도 감고 있는 쪽이었다. 무겁고 답답한 기운이 뜰에 가득했다. 당동댁을 만나봐야 한다. 뭐라고 말을 꺼내야 할까. 아들의 병세부터 물어봐야겠지. 우리의 처지를 어떻게 노골적으로 말할까. 오늘 저녁부터 걱정인데 할 수만 있다면 당장 어떤 조처를 얻어내야 한다. 그 방으로 선뜻 들어가 볼 용기가 나지 않았다. 실로암요양소, 보이지 않는 이름의 깊은 눈을 달고 온 듯한 그 방의 문을 한 번씩 바라보았다. 당동댁이 바깥으로 나오길 기다렸다. 굳게 닫힌 그 문은 열릴 기미를 보이지 않았다. 바깥이나 안쪽, 어느 쪽으로도 열리지 않고 수용소 벽처럼 닫혀 있었다. 벽 같은 문이 열리면 금방이라도 그쪽에서 무슨 바람이 일어 마당을 온통 혼돈의 회오리로 만들어 버릴 것 같았다.

한참 뒤에 당동댁이 그 방에서 나와 부엌 쪽으로 돌아갔다. 나를 보고는 아무 말도 안 했다. 그런 아들…… 어미 입으로 말하고 싶지 않을 것이다. 내가 이해해야 했다. 다시 부엌 쪽에서 마당으로 나오길 기다렸다. 그녀는 연탄집게를 들고 창고 쪽으로 갔다. 이 계절에 연탄을? 소뼈 고움을 하거나 빨래를 삶을 때, 그러지 않을 때에도 한 번씩 연탄을 사용했다. 그녀에게 말을 건네었다.

"좀 어떻습니까. 아들냄이, 어떻게 병원이나 절 같은 데 넣어

볼 작정입니까?"

얼른 방이나 부엌으로 들어가 버릴지도 몰라 본론적인 말을 했다.

"전에보다 좋아졌어요."

딱 한마디뿐이었다. 그리고 얼른 몸을 돌렸으므로 다른 말을 더 물어보지 못하였다. 아내에게 핀잔을 받았다.

"뭐예요. 인사치레만 하고 오면 어째요. 다시 똑똑히 물어보고 오세요."

그날 저녁 나는 친구와의 약속도 취소하고 두려워 떠는 아내와 함께 있어주어야 했다. 그날 밤은 별일 없었다. 헛문이 미단이로 나뉜 두 개의 방 중 마루와 붙은 앞방에 있는지조차 모를 정도로 조용했다. 너무 조용한 것이 더 께름칙한 여운으로 남았다.

날이 밝았다. 나는 우선 강형문이란 작자의 몰골을 구경해두는 것이 급선무였으므로 부엌방 창문으로 마당을 내다보고 있었다. 변소에 가기 위해서 한번은 나올 것이다. 창문으로 내다본 것은 아내를 눈으로 지키는 일이기도 했다. 아내와 그 작자가 마주치면 아내가 얼마나 놀랄까 하는 마음쓰임이 당장에 현실로 다가왔다.

방문이 열리는 소리가 들리고 그가 마당으로 나왔다. 당동댁이 마당까지 따라 나왔다. 짧게 깎은 머리, 불안정한 걸음걸이로 바깥 변소에 갔다. 올 때, 사람을 도통 보지 않는 이상한 눈빛이 훔쳐보는 나의 눈에 쉽게 들어왔다. 그는 화단 쪽의, 햇빛을 받는 박태기 나뭇잎을 잠시 바라보는가 했는데 시선을 거두어 더 서성거리지 않고 자기 방에 얼른 돌아갔다. 나뭇잎을 바라본 것, 한 집 안의 방 창문을 내다보고 있는 낯선 사람의 눈을 무의식적으로 피한 것일 수도 있다. 낯선 사람은 물론 세든 남자인 나다.

　나는 조용히 마당으로 나가 그의 이상한 눈빛이 닿았던 나뭇잎을 가까이서 바라보았다. 한 순간 나뭇잎 주변의 햇살 속으로 한 가닥 바람이 일었다. 바람 속에서 한 올 햇살이 흔들린 모양이라고도 할 수 있었다. 그도 그런 한 순간을 보았을까. 그의 눈이 닿았던 흔적을 살펴봤다. 바람과 햇살과 그의 눈빛이 어른거린 주변에서 말이 나왔다.

　"시를 쓰셨다면서요?"

　가앙이 나에게 물었던 말의 일부였다. 그것을 그의 아들인 형문이 담고 있다가 나뭇잎 주변에 흘렸다. 지난 한 밤에 자기 아버지에게 들었다가 한곳에 던진 말이었다. 형문의 그림자가 대신 말한 것이라고 하기보다 조금 전의 눈빛이 거기 슬쩍 던진 것이었다. 나와 직접 대면하지 않아도 한 울 안에서 조용히 한마디 말을 던진 것이었다.
"그래, 자네 눈이 닿은 곳에 나울거린 말 들었다. 시도 쓴다, 그래. 시 한번 쓸 게, 바로 여기."
그의 질문에 조용히 답을 했다. 불안한 마음을 평온한 마음으로 바꾸는 궁색한 방법이기도, 가앙에게 이런 곳에서도 인정을 받고 싶은 엉뚱한 마음 냄이기도 했다. 한 순간이고 한 좁은 공간이긴 해도 이상한 체험이었다. 눈으로긴 해도 정말 시를 썼다. 신가 산문인가 애매한 글이 되었다.

둥그스름한 심장 모양의 잎, 가장자리가 살짝 안으로 말려 있다.
윤기 나는 녹색 속의 청동색 잎, 털은 없고
지난봄 진한 자주색 꽃 꼬투리들이 다닥다닥 붙어 있었는데
조금 전 네 눈이 닿았던 곳을 본다.
나뭇잎 사이 햇살 속으로 한 가닥 바람이 일고 햇살도 흔들린 모양을.

햇살 속의 한 가닥 바람이나 바람 속의 한 올 햇살의 흔들림을 눈여겨본 것, 좋은 습관이 아니었다. 형문이 닿았던 한 이파리를 눈여겨보면서 글 같잖은 글을 함부로 쓰는 것도 좋은 태도는 아니었다. 현실의 마당에 서는 게 좋은 습관이나 태도. 일

처리를 하지 못한 난감함이나 불안함을 얼굴과 발길에 담아 마당에 서거나 서성이는 게 도리다. 그런 얼굴이나 서성임이 되지 않고 그녀석의 눈이 닿았던 박태기 나뭇잎을 잠시 뚫어지게 보며 글 같잖은 글을 눈으로 쓴 거, 아내의 질책을 받을 만했다. 이상한 눈을 하거나 먼눈 판 일 없고 글 안 썼어. 변명의 말을 생각하는 자체도 답답한 일이었다. 그가 실로암에 있었던 지난봄이 이 집에선 좋았다. 지난봄에는 박태기 나뭇잎을 눈여겨보지도 않았다. 그런데 지난봄의 것을 보탠 것, 반 거짓말일 수 있었다. 그가 없었던 공간에 얹어본, 나만의 애매한 글이 되었다.

"방 창문을 내다보고 있었는데 날 보지 않았어." "못 볼 수도 있죠 뭐." "마당 박태기 나뭇잎을 잠시 뚫어지게 보더군." "그럴 수도 있죠 뭐. 뭔가 봐야 하니까." "나도 그 눈길 따라 봤어. 그를 알아야 대처할 것이고 해서······. 글, 안 썼어. 봐, 종이도 볼펜도 없잖아." "글 타령, 당신 정신이 좀 나갔네요."

정신이 나간 사람이라고, 사람도 아니라고 할 아내의 말을 상상했다. 우리 인생에 처음으로 닥친 이 역경을 역사로, 일기로 적어두고 싶은 마음 냄도 있을 순 있는데 엉뚱한 곳, 적당하지 못한 제재로 쓴 그 글은 그런 류도 아니었다. 형문의 눈이 닿았던 곳에 내 눈으로 글을 쓴 것, 여유도 아니고 상대에 대한 탐색도 아니었다. 시 같잖은 글, 지우면 되는데 눈으로 써서 얼른 지워지지도 않았다.

형문의 일, 어떻게 된 일인지 알아내는 게 급선무였는데 난데없는 글 몇 줄 때문에 머뭇거린 모양이 되었다. 낮에 그를 절에 데리고 가거나 좀 좋은 병원에라도 넣으려는지를 보면 알 것이다. 나는 곧 출근을 해야 하므로 집에서 일을 하면서 생활해야 할 아내에 대해 최소한의 강구를 해놔야 했다.

"방문 잠그고 조심해."

한마디 타이르고 대문을 나설 때 뒤가 켕겼다.

그날 하루 학교에서 수업을 하며 근무를 할 때 집안일에 대해서 궁금하고 신경이 많이 쓰였다. 집에 전화 한번 하지 못하였다. 우리는 아직 전활 넣지 못했고 갓방에 전화가 있어 "미안하지만 좀 바꿔주세요." 하고 형문이 나오기 전에는 더러 썼었다. 지금은 그때와 경우가 크게 달라졌다. 전화가 있는 방에는 형문이 있다. 전활 하면 그가 먼저 받을 가능성이 크다. 한 시간 외출을 하여 집에 나와 볼 수도 있었으나 그날따라 이것저것 다른 일 때문에 그것도 여의치 못했고 종일 바쁜 중에도 마음은 온통 집에 가있었다.

퇴근해 왔을 때 집은 조용했고 아내는 방 안에서 예전처럼 일을 하고 있었다. 방문을 열기 전 아내가 놀랠까봐 노크를 하지 않고 나의 목소리로 작게 불렀다. 방문은 잠겨있지 않았고 아내는 나의 목소릴 못 들은 체했다. 그쪽 마루로 오르는 섬돌에 그의 검정고무신을 보았으므로 그가 아직 그 방에 들어있는 것을 알 수 있었으나 그래도 아내에게 그것부터 물었다. 아내는 "있어요." 한마디로 잘라 말했다. 모자가 하루 종일 그 방에 같이 있었음을 알 수 있었다. 그의 검은 고무신은 나를 주눅 들게 하면서도 마음을 어지럽게 했다.

이틀까지 우리는 마음을 졸이며 보냈다. 당동댁이 시간을 내어 우리에게 무슨 말이라도 할 것이다. 차마 우리가 먼저 꼬치꼬치 묻기 어려웠다. 산이나 다른 병원으로 보내든지 우릴 나가라고 하든지 무슨 말이 있을 것이다. 전력(前歷)은 전력이고 지금은 지금이다. 그러나 추석이 지나고 이틀이 더 지나도록 당동댁은 자기 아들의 거처에 대해서, 방 문제에 대해서 한마디도 우리에게 말이 없었다. 이틀만 더 기다려 보자. 우리가 만일 그런 처지 그런 부모였다고 생각해 보라. 앞앞이 이야기조차 꺼내고 싶지 않을 것이 아닌가. 당동댁은 바깥으로 잘 나오지도 않고 방을, 아들을 계속 지키고만 있었다. 전력이 지금으로 이어지고 있었다.

직장에서 낮에 집으로 외출 나온 적이 있다.

"괜히 자꾸 나오고 하면 어째요. 당동댁이 당분간 곁에 있으니 걱정 말고 나오지 마세요."

나는 아내의 말을 듣고 좀이 쑤셔도 근무하는 직장에서 외출을 더 하지 않았다. 우리는 피해자였다. 불안한 하루하루가 우리에게는 피해였다. 그 쪽에서 우릴 불안하게 만든 것, 그것이 가해였다. 하루는 뒤꼍 간이부엌으로 들어가는 당동댁을 따라가 입을 떼었다.

"수고 많으시죠. 어떻게 아들냄이 총각을 산이나 다른 병원에라도 보낼 생각을 해보셨습니까? 집으로 내온 것 처음이 아니라면서요."

나는 떠듬거리며 다급한 심정을 보태어 간신히 말했다. 산은 절을 염두에 둔 말이었다.

"왜 우리 총각이 분탕이라도 떨던가요?"

당동댁이 대뜸 되물었다. 그녀의 다소 도전적인 어투에 주춤했다.

"그런 건 아니지만……."

아내가 심장이 약해지고 밤잠도 설친다는 말은 차마 하지 못했다. 지난밤에 아내는 방문이 잠겼는지 두 번이나 일어나 확인했다.

"그렇잖아도 절에 넣어볼까 아니면 좋은 병원 같은 데 넣어볼까 궁리 중입니다만, 바깥주인과 의논을 해봐야겠네요. 이번엔 전에보다 많이 좋아져 나왔어요."

그녀는 좀 전과는 달리 부드러운 말투로 바꾸어 말했다. 확실한 어떤 방안이나 나의 물음에 대한 답은 될 수 없었다. 그녀의 남편 가앙은 요즘 들어 더 바빠 보였다. '참, 이 댁 아저씨 무슨 일 하는 사람입니까? 문득 궁금해진 것을 직접 물어보지는 않았다. 그네 아들에 대해서 한마디 한 것이 무슨 죄를 지은 것같이 미안했다.

아내에게 또 핀잔을 받았다.

"아직 의논조차 안 해봤는가. 이 집주인남자 대체 뭘 하는 사람인고? 간첩이 아닌지 모르겠네. 당신도 그렇지. 이왕 말 꺼낸 김에 우리 입장도 생각해 달라고 직접적인 말을 한마디 하고 와야 되잖아요. 기가 차서……."

기가 찬 일은 집주인 식구들의 태도와 나의 과단성 없는 태도가 묶인 것이었다. 며칠만 더 기다려보는 거다. 주인남자와 의논을 하여 어떤 결정을 내릴 기한을 우리가 정했다.

바깥 변소에 갔다 오다가 마당으로 나오는 형문과 마주쳤다. 이 집에는 실내 화장실이 없고 그 바깥 변소뿐이다. 그의 어머니가 따라 나오지 않았다. 그가 나를 바라보았다. 나도 그를 바라보았다. 우리는 서로 째려보았다. 그는 나를 잠시 보고는 눈을 돌렸다. 사람을 눈여겨보고 있지 않았다. 나를, 사람을 무시하는 눈이었다. 위나 옆이나 아니면 다른 어떤 더 먼 것을 보거나 아니면 어떤 것에 사로잡혀 있는 눈이었다. 사시에 내사시가 있고 외사시가 있다던데 그의 시선은 안쪽도 바깥쪽도 아닌 방향이었다. 전에 잠깐 보았던 박태기 나뭇잎도 외면했다. 그가 제 방으로 들어가기 전에 그의 눈을 박태기 나뭇잎에 억지로 머무르게 한다. 사람을 잡아 억지로 그걸 보게 했단 말이 아니고 그의 시선을 내 눈으로 끌어다가 내가 다시 봤다는 말이다. 그 눈길로 간단한 글을 쓰게 한다, 쓴다. 종이는 물론 없었다. 시 같잖은, 엉뚱한 글을 그에게 쓰게 한 것은 아내에 대한 성실한 태도는 아니었다. 지난봄에 대한 것, 솔직하게 썼는데 나의 눈이기도 그의 눈이기도 했다.

지난봄 진한 자주색 꽃 꼬투리들을 보지 못해도
지금 박태기 나뭇잎에 눈을 박아 한 획을 긋는다.
一, 한 획을 그을 수 있는 나 안 미쳤다.

"박태기 나뭇잎에 그의 눈, 시선을 박아 한 획(劃)을 긋게 했어. 소리가 되고 글자, 글이 되는 거 있지. 정신이 크게 부실한 것 아니었어."

아내에 대한 변명할 말을 생각했는데 너무나 엉뚱한 희망사항이었다. 크게 핀잔을 받을 만한 일을 또 했다. 긋게 한 한 획,

사실 형문은 한 획 자체가 되지 않았다. 훗날 父에서 八이 떨어져 나간 乂자를 묵상하고 눈으로 보면서 그의 현실이나 존재 자체가 하나의 소리기호나 획이 될 수 있다는 반대의 생각을 해본 적이 있다.

"한 획이 되지 않는 녀석."

그가 자기 방으로 들어간 뒤 나는 엉뚱한, 말도 안 되는 말로 낮게 중얼거렸다. 훗날 '한 획이 빠진 녀석'으로 내 머릿속에 남았다. 더 훗날 '그냥 한 획으로 살다 죽을 사람'으로 굳힌 적이 잠깐 있었다. 골목 모양에 얹힌 것이니 사람이 떠난 곳에 닿은 그림자일 수도 있었다. 글은 그의 눈을 강제로 끌어와 내가 쓴 것이었다.

나뭇잎에 한 획을 긋는 시를 쓰게 한 것, 한편은 고마운 구석이 있기 때문이었다. 한날 퇴근하여 그 나뭇잎부터 본 적이 있었다. 나뭇잎이 그대로 달려 있는 걸 보고 우리 집은 무슨 변을 당하지 않은 걸로, 않을 거로 진단한 적이 있었다. 어이가 없는 진단이긴 해도 그 나뭇잎은 그 집의 일부를 차지하고 있었다. 아내는 불안한 그 집에서 하루를, 하루하루를 별 사고 없이 버티었다.

한날 저녁은 마당에 나와 있는 그에게 직접 말을 건네 보았다.

"여기 나와 있네."

적당한 인사말이 없어 그냥 얼른 나온 말이었다. 높임말을 쓰나 반말을 하나 생각하다가 반말을 썼다. 반말 때문이었는지 그는 대답을 하지 않았다.

"몇 살이고?"

좀 겁이 나긴 했으나 이왕 내친 김에 다시 물었다. 여전히 답이 없었다.

"정신이 좀 드나? 아프나? 시력이 좀 나빠 보이네."

친근하게 말을 더 붙였다. 이번에는 대답 대신 눈을 좀 껌벅거리며 소리 없이 이상한 눈빛으로 웃었다. 나를 직시하지 않는 눈은 여전했다. 불특정의 옆의 것을 보는 눈이었다. 그리고는 쫓기듯이 자기 방 쪽으로 들어갔다. 방문을 열고 안에 들어가기 전에 한마디 말을 했다. 내가 물은 말에 대한 답일 수도, 그냥 혼자 중얼거린 말일 수도 있었다. 그 한마디를 남기고 방 안으로 사라졌다.

"예."

좀 늦게 내가 그의 시야에 들어가고 또 내 말이 귀에 들려 늦어진 답을 한 모양이었는데 과거의 먼 질문이나 다잡음에 대한 한마디 답처럼도 들렸다. 하여튼 타임을 놓친 것이어서 엉뚱한 말이 되었다.

"예? 뭐가 예야?"

닫힌 문을 향해 눈으로 말했다. 형문의 귀는 거기 없었다.

"네 시력이 문제구나. 시력이 아니고 시선이구나. 네 시선만 한군데 고정할 수 있다면 실로암에 갈 필요 없어. 박태기 나뭇잎을 한 5분이라도 바라보아라. 네 시선만 한군데 고정하여 거기 한 획이라도 그어봐. 一. 그럼 그렇지. 번역하면 '나 강형문, 안 미쳤다.' 나뭇잎 떼지는 말고."

진단과 처방의 말을 덧붙였다. 一은 한 획의 대표고 그냥 글을 쓰기 위해 그어보는 시도였다. 一 대신에 乂를 쓰는 게 더 좋았겠다 싶은 적이 있는데 그 이유는 그가 어색한 "예"로 말을 한 적이 있었고 또 父에서 八이 떨어져 나간 집에서 살고 있어 보여서였다. 乂가 한 획 모양은 아니지만 한 사람의 것과 겹쳐지면서 한 획 글자로 섰다. 인위적인 생각이 보태어진 것이다. 선생이란 직업과 작가 지망생의 습성이나 기질이 보태어지면 인위적인 것이 된다. 그건 훗날이고 며칠 전, 눈에 보이는 기호가 되지 않았지만 비교적 분명한 내용을 눈으로 썼고 오늘, 한 음절의 말까지 들었다. 글로 말로 그와 끈을 이은 것, 내가 정신 이상이 좀 된 것이 아닌가 신경이 쓰였다. 나의 그에 대한 진단서나 처방전인 글자 한 획 긋는 부탁 이야기, 아내에게 영원히 할 수 없는 것이었다. "나뭇잎이 글 쓰는 덴가요. 당신 정신 상태, 눈 이상해졌네." 아내의 핀잔부터 떠올랐다. 글 속의 '눈'이란 말이 신경이 쓰였다. 전에 형문의 눈이 박태기 나뭇잎을 잠시 본 것이나 이번에 잘 안 보고 옆의 것을 본 것이나 그게 무슨 의미가 있는 것은 아니었다. 그냥 그의 무의식적인 행동이었고 눈은 사시기 때문에 한곳에 시선을 집중하기 힘들 뿐이었다. 억지로 그 박태기 나뭇잎을 따라서 본 것이나 시 같잖은 글을 쓰고 오늘 처방전까지 덧붙인 것, 나의 눈이 그의 것처럼 사시가 아닐까 문득 생각이 들었다. 방 안에 들어가 거울을 보았다. 눈으로 눈을 살펴보았다.

가위표 ✗

낮에 나는 계속 직장에 나가야 하는 터라 어린앨 데리고 집안일을 해야 하는 아내가 늘 걱정이었다. 당동댁이 대부분 형문을 옆에서 지키고 있어 좀 안심이 되기는 했으나 아내는 모든 동작에 신경을 써야 했다. 마당 한구석에 유일하게 있는 변소에 가는 일, 빨랫감을 처리하는 일, 심지어 방에 딸린 부엌에 곁문으로 나드는 것조차 신경이 씌어졌다.

한 보름간은 가까이서 당동댁이 형문을 대부분 지키고 있었다. 그러다가 그녀는 그를 혼자 남겨두고 밖으로 나가기 시작했다. 우리는 더 불안했다. 애써 그것을 감추려 했지만 아내의 눈에는 날이 갈수록 불안이 공포증으로 변하여 비쳐보였다. 당동댁의 외출 빈도에 따라 아내도 이웃에 들르는 횟수를 늘렸다. 때로는 빨랫감을 그대로 두고 나갔다. 저녁에 내가 퇴근을 해오면 그때에야 빨래를 하는 일도 있었다. 일을 빨리 처리하지 못하는 나의 주변머리 없음에 아내를 볼 낯이 없었다. 보다 못한 아내가 나섰다. 당동댁에게 노골적으로 말했다.

"다른 방을 구할 수 있도록 전세금을 내어주세요. 아주머니한테는 아들이지만 우리는 불안해서 못 견디겠어요."

전날 밤에는 괴성을 들었다고 했다. 밤에 숙면을 취하지 못하는 때가 많았다. 형문이 지르는 괴성을 아내는 몇 번을, 나도 한 번을 들었다.

"알고 있어요. 새댁의 형편 알고 있어요."

당동댁은 그 한마디를 남기고 방에 들어가 버렸다. 다른 말을 붙이지 않았다. 산이나 병원을 알아보기 위해서, 또는 돈을 구하러 나다닌다는 말이 없었다.

아내는 분해했다. 그러면서도 어떤 결심을 굳히는 듯한 묘한 표정을 나는 읽어낼 수 없었다. 낮이 되면 그 집에서 나는 몸이 벗어나게 되지만 집에 있는 아내 이상으로 마음은 늘 답답하고 불안했다. 아내를 두고 출근을 해야 하는 나에게는 더 암담한

굴레가 씌워졌다. 일이 손에 잡히지 않았다. 학생들을 가르치는 나의 직업은 낮에 자릴 비울 수도 소홀히 해서도 안 되었다. 수업이 제대로 되지 않으면서도 정신적으로 피로했다. 얼굴빛이 좀 안 좋아진 나를 빤히 바라보면서 하루는 아내가 나를 위로했다.

"너무 걱정하지 말아요. 어떻게 되겠지요."

위로하는 아내의 낯빛도 밝지 못했다. 당동댁이라도 낮에 집에 같이 좀 있었으면 그런대로 좋겠다는 우리의 뜻과 달리 그녀는 집을 자주 나갔다. 이젠 숫제 아들을 그냥 두고 돈푼이나 쥐러 매일 일찍 일하러 나갔다. 전세금보다 생활비를 마련하기 위함이었다. 불속에 있는 아내가 되었다. 이웃집에 매일 아침부터 가서 하루 종일 죽치고 있을 수도 없는 일, 딱한 것이 한두 가지가 아니었다.

하루 이틀, 한 주일 두 주일이 그렇게 갔다. 형문을 어디 다른 데 보내지 않고 전에처럼 집에 둘 모양의 장기전이었다. 그 장기전, 우리가 이 집에 살면서 묵묵히 버티어보든가 버티기 힘들어서 나가는 수밖에 없다. 버티는 건 아무래도 어려운 일이었다. 전에 세든 사람도 버티지 못하고 전세금도 받지 않고 나갔다. 이래도 저래도 현실적으로 불리한 것은 세입자인 우리였다. 고의적인 그네들의 뜻을 꺾거나 가루어 보는 고소, 고발하는 방

안이 있지만 쉬운 일이 아니었다. 월세 방이라도 구해 나가자. 아내에게 그 뜻을 말했다. 나의 말에 아내는 자신의 결의를 보태어 답했다.

"안 돼요. 대적을 해야 해요. 이런 전쟁, 대적을 해 이겨야 해요."

아내는 전쟁, 대적이란 말을 쓰면서 나가지 말고 전세금을 내어줄 때까지 버티자고 했다. 이 집에 버티어 있을수록 불리한 입장이 우린데 어떻게 버티며 대적할 수 있단 말인가. 일이 해결될 때까지 친정에라도 다녀오라고 했다. 아내는 친정이란 말을 듣기 싫어했다. 양친 중 어느 한쪽만이라도 살았으면, 큰처남이라도 있었더라면 또 달랐을 것이다. 우리가 이쪽으로 전보되어 오기 전에 지병을 앓던 처남이 죽었다. 놀라운 것은 약해질 대로 약해져야 할 아내가 겉으로 만인지는 몰라도 강해지고 있었다. 그렇게 불안해하던 아내가 언제 그랬느냐는 듯이 친정 곳을 밀어내고 우리가 처한 이 집안의 현재에서 강해지고 있었다. 혼인신고를 하고 본적지가 나의 쪽으로 옮겨졌을 때 "왜 이렇게 되었지?" 하고 수다를 떨던 아내였다. 나의 정신적인 본적지에 뿌리를 박고 어려움 속에서 강해지려는 아내의 모습이 보였다. 하도 딱해 이 집을 소개한 정씨에게 찾아가 좀 따져보라고 했다. 자기네 돈 받기 위해 다른 사람을 시궁창에 밀어 넣는

인도적이지 못한 행위가 옳은 것이냐, 이 집 사정을 다 알고 있으면서 처음 이 마을에 발을 디딘 사람에게 소개한 것 책임져야 할 일 아니냐. 한번 따지기라도 해봐야 않겠느냐고 했다. 그녀는 우릴 소개해주고도 아직까지 자기 돈을 받지 못했다.
"전쟁, 시험이에요. 끝까지 버텨 사탄에게 이겨야 해요. 사탄에게 지는 것은 주님의 뜻이 아니거든요."
아내는 알 수 없는 말을 했다. 정씨가 사탄이란 말인가. 아니면 가앙 내외나 형문이 사탄이란 말인가. 이런 일로 친정엔 가지 않겠다고 잘라 말했다. 그를 병원에 넣으면 다행이고 그렇지 않고 집에 둘 경우, 집주인이 전세금을 줘주며 나가라고 할 때까지 버티겠다는 뜻을 말했다. 나는 우직하기 그지없는 아내의 신앙에 가슴이 답답했다. 한바탕 분탕이라도 쳐 우리가 다치기라도 하면 어쩌나 두렵기도 하고 한편 우리가 고발을 할 수 있는 일이라도 일어나길 바라기도 했다. 고발을 할 정도로 형문이 광적이고 난폭한 행동을 저지르지는 않았다.
하루하루가 지날 적마다 우리는 집주인이 형문을 끝까지 집에 둘 것이라는 쪽으로 생각이 굳어졌다. 나가라는 말도 어떻게 전세금을 해주겠다는 말도 없이 묵묵히 자기 아들로 위세를 부렸다. 버틸 테면 버텨 봐.
나로서는 버틸 힘이 없었다. 일단 이 집을 나가고 난 뒤에 법에 호소해볼 생각도 했다. 임대차 보호법이라는 게 있지만 이 집이 부도가 나거나 파산 신고를 한 것이 아니어서 보호 받기가 힘들다. 고발이니 고소니 하는 것, 쉬운 일이 아니다. 우리 앞에 세 들었던 사람들은 바보라서 그런 일을 하지 않고 지금까지 돈을 못 받고 있는가. 이것은 법에 호소하는 것이 얼마나 현실적으로 어려운가를 단적으로 말해주는 것이다. 집주인은 그걸 두려워할 위인도 아니었다.

집주인 가앙은 한때 지방기자였다. 정식기자도 아닌 그저 향리의 기삿거리나 한 달에 한두 번 송부할 수 있는 자료 수집 보조기자였다. 그 자료라는 게 묘해서 권력이나 횡포로 이어졌다. 그 권세로 재산을 늘려 이 집을 지었다. 지방기자들의 횡포가 가장 심했던 때였다. 동네 사람들의 말에 의하면 두 내외가 못할 짓도 많이 했다 한다. 속속들이 그것들을 다 들추어내어 여기 열거할 수는 없고 가까운, 한동네에서 일어난 것 한 가지씩만 소개한다. 가앙, 하루는 길가에 슬며시 멎는 차에 일부러 몸을 갖다 대었다. 엄청난 합의금을 뜯어냈다. 그의 아내인 당동댁, 남편의 울을 끼고 계주를 맡아 했는데 소박맞고 혼자 사는 여자의 것을 이유도 없이 떼어먹었다. 방앗간 집 옆집에 세 들어 살았는데 그녀는 그 일과 다른 일까지 겹쳐 정신이 돌아버렸다. 그래서 동네사람들이 당동댁, 그 집을 향해 손가락질을 하고 침을 뱉은 적이 있었다. 하늘을 쳐다보고 내뱉은 말이었다.

"지 아들딸이 우찌(어떻게) 되는고 보자. 사내놈은 시퍼렇게 눈 뜨고 남의 차에 대이어 돈 뜯어먹고 계집년은 불쌍한 과부 돈 떼먹고 돌게 했는데, 짐승 같은 년놈 집구석 우찌 되는고 보자."

동네사람들은 한동안 그 집을 주시했다.

가앙의 비인간적인 횡포, 한 가지만 덧붙인다. 고속도로 시공 때문에 한 동네를 철거해야만 되었는데 그 동네 주민들은 거부했다. 보상금 문제가 충분하지 않아서였다. 시공자 측에서 보면 주민들이 협조하지 않고 말을 듣지 않은 것이었다. 철거 보상비를 충분히 주지 않고도 철수케 할 안(1)을, 기사거리(2)를 그가 제공했다.

(1)정신이 부실한 자나 불량자를 사서 이 마을 근처에 텐트를 치게 하라. 마을 골목을 오가며 대소변도 보고 집도 기웃거리게 하라.

(2)그 주민들, 보상금 문제를 염두에 두고 미리 이사 온 자들이다.

가앙이 낸 안과 기사 덕에 그 동네는 곧 철거되었다. 이래저래 주민들의 원성을 사면서도 돈을 많이 모았다. 지방기자들이 숙정되는 시대에 일차적으로 가앙이 걸려들었다. 숙정된 후에 그의 모양을 사람들은 주의 깊게 봤다. 그는 변함없이 머리에 기름을 바르고 구두 먼지를 털어내고 깨끗한 양복차림, 도도한 걸음걸이로 어딘가로 드나들었다. 겉으로 드러난 그의 위세는 변함이 없어 보였다. 그러나 그가 어디 가서 무엇을 하며 소일하는지에 대해서 아는 사람이 드물었다. 집을 지녔지만 큰방을 전세 준 주제에……. 이웃들이 그런 눈으로 보기도 했다.

큰방 문제, 말이 나온 김에 이 문제도 짚고 넘어가야 한다. 큰방을 전세주고 실업자인 주제에 신사 차림을 하고 도도한 걸음걸이로 다니는 가앙과 비웃는 눈의 이웃들, 두 쪽 사이에서 큰방에 대한 의미를 정리해둘 필요가 있다.

큰방은 그 집의 큰 방이지만 그 집 주인의 자존심이었다. 姜乙秀 문패가 달린 그 집의 큰방의 주인은 세를 줘도 그의 것이었다. 문패의 힘을 무시할 수 없기 때문에 그의 것이었다. 그는 큰방에 살진 않아도 큰방이 될 수 있었다. 전세를 얻어 큰방에 사는 우리는 어디까지나 임시 사용자였다. 현실적인 사용 면에서는 우리 것이기도 하다. 이웃들의 눈으로는 누가 더 큰방의 주인일까? 반반이었다. 그 반반에 가앙의 분수에 맞지 않는 차림도 섞였다. 사람 같잖은 일을 저지른 죄과도 섞였다. 큰방이 반 될 수 있는 집주인 가양이 큰방을 전세주고 그 전세금을 내어주지 않고 큰방을 차지하려 한 적이 있었다. 큰방에 전세든 사람은 전세금을 받기 전엔 큰방을 내어주지 않으려고 버티고 있었다. 이렇게 큰방에 대한 씨름이 집주인인 가양과 세입자 사이에 두 번 있었고 세 번째는 우리였다. 두 번 씨름에서 가양이 이긴 모양이었다. 세 번째인 우리도 그 반반의 씨름판에 올랐다. 나 혼자의 생각인데 그 큰방의 주인인 가양은 반 이하(以下)고 나의 아내가 반 이상이겠다 싶은 생각을 문득 했다. 아내가 씨름에서 반 이상 이기고 있는 생각을 했다. 미욱하고 딱한 현실, 아내가 큰방이겠다 싶은 생각도 했다. 한 큰방이 씨름 터, 전쟁터가 된 기분은 오래갔다.

큰방 사용의 현실적인 사용 주인은 물론 우리. 전쟁, 시험인데 끝까지 버텨 사탄에게 이겨야 한다고 말한 아내의 고집. 아내가 큰방의 주인인 것 같은 생각을 해본 것 무리가 아니다. 문패의 힘으로 가양이 큰방이 되려고 하는 심사도 무리가 아닐 수 있다. 한 큰방이 전쟁터가 된 것, 전쟁은 불씨가 있기 마련이고 피를 흘리다가 언젠가는 끝나기 마련이다. 끝나면 그 전쟁도 하나의 역사가 되겠지만 전쟁터의 하루하루는 힘든 현장일 수밖에 없었다.

이웃집에 자주 들러 그 집 식구들의 눈치가 보이자 아내는 평일에도 교회에 가서 살았다. 전에 아내가 교회에 나가는 걸 나는 좋아하지 않았다. 일요일, 모처럼 가족끼리 야외에라도 한 번 나가고 싶을 때에도 아내는 어림도 없었다. 그것도 그것이려니와 아내는 교회에 돈도 적잖이 갖다 바쳤다. 생활비를 줄여 3년에 3백만원짜리 적금을 넣고 있는 판국에 참 미욱하고 딱한 행위였다.

"오늘 한 번 교회에 나가요, 여보. 한 번……."

그래 한 번, 따라 나갔다. 한번은 아니다. 결혼 전에 그냥 몸만 따라가서 옆에 앉아있었던 적도 있다. 그런데 한 번이라고 했고 한 번 나가보기로 했다.

그날 아내는 결혼 패물을 교회 건축 헌물로 몽땅 바쳤다. 무기명으로 했기 때문에 그 훗날 안 것이다. 독립문성결교회 임영재 목사가 강사로 초청된 부흥회 때였다. 잠시 읽어나가던 헌금 기도문을 쉬고 묵직한 그 봉투를 쥔 임 목사의 손이 약간 떨리고 목이 메었다. 당시 임 목사의 아내가 위독했다는데 한 작은 교회 부흥회를 끝날까지 인도하게 한 것, 내 아내의 공이 일부 작용한 거 아닐까 훗날 혼자 생각해본 적이 있다. 아내의 행동에 감동을 받은 것은 아니다. 오히려 우리 집 경제적 여유가 생기기는 어렵게 된 것을 먼저 생각했다. 그러나 나는 아내가 교회에 나가는 것도, 헌물 헌금하는 것도 내버려두었다. 당시 헌물에 대한 것을 미리 알았더라도 막거나 그리 화를 내지 않았을 것이다. 그런 것이 아내의 마음을 편케 하고 또 어쩌면 아내와 우리 애를 보호하는 길이 될 수 있다는 막연한 생각을 했다. 교회에는 아내의 말대로 한 번이었고 더 나가지 않았다. 아내도 한 번의 의미를 잘 알고 있어 더 가잔 말을 하지 않았다.

그런데 그 한 번이란 말의 힘이 약해진 어느 날, 아내가 말했다.

"당신도 같이 교회 나가요."

일요일, 혼자 집을 지키며 청소를 하고 있는 나를 보고 아내가 큰방에서 나오며 말했다. 부흥회 헌물에 대해서 내가 관용을 베풀자 아내는 나를 전도하려고 했다. 부흥회 때의 일 하나, 숨긴 것 하날 덧붙인다. 그리 중요하지 않아서 숨긴 것이라고 하기도 좀 그렇다. 임 목사의 설교 제목이 '포기와 순종'이었는데 재미나게 귀에 들렸다. 설교 말씀이 귀에 들어온 거 신기했다. 포기의 핵심은 돈이고 순종의 핵심은 예수였다. '미안하지만 포기가 다 안 되겠는데요.' 선을 그으면서도 귀에 그 말이 들어온 거, 신기했다. '소설 속에서나 가능한 일, 미안해요.' 이 일을 아내에게 말하지 않았다. 작은 일이었고 가까운 큰방이 더 큰 것이었다. 훗날 큰방 문제가 해결이 되었을 때 위 설교 내용을 다 잊었다. 설교 내용에 없는 다른 것이 붙어 보였다. 활천(活泉)—

활천(活川), 살아있는 물의 흐름이었다. 물고기 2마리가 헤엄을 치고 있었다. 예수와 한 성도가 깊이 만나고 있었다.

"갔다 와. 당신이나 열심히 다녀. 집 문제 잘 해결되도록 빌고……."

당신이 큰방이야. 문득 그런 말을 대놓고 하고 싶었다. 갓방 사람이 들을 수 있는 소리로 말하고 싶었는데 참았다. 아내가 좀 큰소리로 말했다.

"집 문제 해결될 거에요."

"어떻게?"

거기에 대한 답은 없었다.

"우리가 이 집을 나가는 길밖에 다른 방법이 없어."

좀 작은 목소리로 그 답을 말했다. 아내는 그 말에 반응이 없었다.

"집에 붙어있기 힘들고, 그것도 하루 이틀도 아닌 날에 싫든 좋든 피신을 해야 하는 당신을 이제 더 지켜볼 수 없어."

아내는 거기에도 반응을 하지 않았다.

교회에 다녀온 아내더러 방을 구해보자고 다시 설득했다.

"전엔 돈을 받지 못하고 나갔지만 우리 경우는 달라. 얼마나 인간적으로 그들을 대했나. 환심을 사기 위해 집안 경조사나 생일, 명절을 챙기고 별난 반찬이 있어도 그냥 있지를 않았잖아.

우리를 결코 무시하거나 만만하게 보지는 않을 거야. 우린 그렇게 전세금을 떼이고 입을 다물고 있을 판무식쟁이도 아니잖아. 시대도 바뀌었고 전에 살던 사람들 경우와는 많이 다르지."

이 말엔 아내는 부정도 긍정도 하지 않았다. 당동댁에게 통보를 하겠다고 했을 때에도 이렇다할 뜻을 표시하지 않았다. 당동댁에게 일단 우리는 이 집을 나간다고 했다. 다른 방을 구하겠다고 말했다. 당동댁은 내가 그렇게 나오자 미안하다며 열흘 안으로 전세금을 구해 내주든가 아니면 아들을 어디 다른 데로 보내든가 양자 간에 결단을 내릴 것이라고 말했다. 우선 전세금의 일부라도 며칠 내로 둘러 주겠다고 했다.

아내는 나의 우격다짐에 마지못해하며 일단 다른 방을 구하러 다녔다. 하루를 지내기가 한 달을 지내는 것처럼 되었던 것이다. 지금 것보다 좀 못한 방 하나를 구했다. 좀 못해 보여도 전혀 개의치 않고 계약금을 주고 정했다. 이사 날짜를 여유 있게 약속했다. 아무리 당동댁이 제 입으로 분명히 어떤 조치를 취해주겠다고 했지만 전력이 있어서 믿기 힘들었다. 이사 날짜를 가능한 한 길게 잡은 것, 계약금을 최소한으로 한 것은 우리의 조심성 있는 지혜였다.

며칠 내로 가부 간을 알려주기로 한 당동댁은 태평스럽게 걱정도 하지 않고 있었다. 전세금의 일부라도 둘러주겠다는 말도 언제 그랬느냐는 듯이 소식이 없었다. 마당으로 나온 당동댁에게 아내가 말했다. 방안에 들리지 않도록 언성을 낮추었지만 아내의 말에는 힘이 들어있었다.

"구해 놓은 방 전세금 내일까진데 어떻게 좀 둘러주세요."

당동댁은 그 말을 기다렸다는 듯이 얼른 답했다.

"이왕 기다린 김에 한 일주일만 더 기다려요. 우리 총각이 나가든가 아니면 반 정도라도 급한 대로 구해주든가 할 테니까. 바깥양반이 요즘 잘 들어오지 않아서 의논하는 게 더디네요. 친정오빠가 근일에 들르기로 했는데 거기도 부탁을 해보고……."

구해둔 방의 계약금을 떼이고 그 방을 포기해야 했다. 큰돈은 아니지만 계약금을 떼인 것, 아내는 아까워했다. 그러면서 이 집에서 나가면 안 되겠다는 결단의 말을 아내는 다시 했다. 이 집에서 나가면 새로 구한 집의 계약금보다 열 배 이상인 전세금 전부를 떼인다. 그것 말고 전부터 고수해온 뜻이 다시 작용했다. 전쟁, 대적하여 이기는 일이었다. 전세금을 손에 쥐고 나가야 한다는 게 아내의 뜻이고 고집이었다. 우리는 다른 방 구하는 걸 접고 한 일주일 쯤 더 기다려보기로 했다.

일주일이 되는 날, 이번에는 내가 당동댁에게 어떻게 되었느냐고 물었다. 그녀는 전에 아내에게 했던 말을 그대로 했다. 울며 겨자 먹기 식으로 며칠씩을 더 기다렸고 그때마다 진작 나가

버릴 걸 후회했다. 내 마음 같아서는 전세금을 몽땅 떼이더라도 이 위험성이 따르는 집에서 이제라도 나가고 싶은 마음이 간절했다. 그러나 이런, 언젠가 발작을 할지도 모르는 살벌한 속에서도 아내는 하루하루를 잘 버텨냈다.

하루는 아내가 너무 억울한 듯 얼굴이 퍼래가지고 나에게 말했다.

"세상에 이럴 수가 있어요? 세상에 정말 이럴 수가 있어요?"

"왜 그래? 찬찬히 말해봐."

"사람도 아니지. 그게 사람이라고……. 짐승 같은, 개 같은 인간!"

"왜 그러느냐니까?"

아내는 잠시 분을 삭이고 말했다.

"집주인 작자라는 게 글쎄 아들 피해 옆집으로 숙솔 옮겼대요. 벌써 제법 되었는데 우린 그것도 모르고 있었잖아요."

며칠 전 아내는 보았다. 당동댁이 밥을 싸 가지고 옆집으로 가는 것을 직접 보았다. 그런데 그땐 그런 것까진 짐작할 수 없었다. 놀라운 사실이었다.

"모르고 있었나요? 형문의 아빈 아들이 무서워서 옆집으로 갔는디. 그 아비 강가, 인간도 아니지. 가위표(乂)다."

이웃 아낙네의 말에 아내는 말문이 막혔다. 세든 남도 남아

있는 집, 아들이 무서워 제 집을 버리고 큰집인 옆집으로 혼자 피신을 가다니. 집주인이라는 작자, 음충스럽기 그지없었다. 인간이 아니었다. 듣고 보니 그의 구두를 섬돌에서 본 게 제법 오래된 것 같았다. 밤낮 형문의 검정고무신만이 섬돌에 버티고 있었다. 뱉이 꼬이고 옆에 있으면 침이라도 뱉고 싶었다.

"더러운 집이다. 어렵고 치사하지만 우리가 멀리 피해 나가자."

아내의 결단이 바뀌기를 바라며 내가 말했다.

"안 돼요. 이젠 안 돼요. 지금까지 당한 것도 억울하지만 그런 사실을 알고 난 이젠 안 돼요. 버티어요, 끝까지. 끝을 봐야겠어요."

아내의 눈에 독한 빛이 감돌았다.

그날은 아니지만 나는 머릿속에 그림자로 그려져 아른거리는 형상을 한자(漢字) 한 자인 몸뚱어리로 세웠다. 아비 父자의 위 八이 떨어져 나간 乂자였다. 아내가 나의 이런 수고나 눈뜸을 알면 달갑지 않게 여길 것이다.

"이런 지경에 한자 공부나 하고 있는 당신, 인간이 아니다. 당신이 가위표다."

아내가 할 수 있는 말이다.

"그래 가위표 형상, 벨 예(乂). 가앙, 아버지도 인간도 아니야.

베고 잘라야 할 인간, 가위표고 한자 독음은 예."

"당신 말이에요. 이 어려운 현실에서 벗어날 줄은 모르고 글자나 찾고 있는 당신이 가위표고 문제라니까. 예는 또 무슨?"

아내가 할 수 있는 말이다.

"문제를 알아야 답도 나오지. 오늘의 가까운 문제, 사방팔방 머리로 울로 감싸는 모양인 아비 父에서 八이 떨어져 나간 乂. 아비 가앙이 문제야."

아내와의 뚜렷한 대화가 제법 떠오를 정도로 제 몸뚱어리를 지닌 한 글자를 혼자 묵상했다.

천원天元에 놓은 돌

　　신어산 기슭의 활천고개를 넘어 활천에 살게 된 것, 난감한 불행이었다. 교직의 하루하루도 힘들었다. 근무하는 학교의 교지(校誌) 내는 일을 한해 맡았는데 너무 힘들었다. 그 이름 때문이었다. '신어(神魚)'였다. 신어산 기슭에서 너무 험한 바람을 맞고 있다는 생각 때문이었다. 신어, 거북이 떠올랐는데 거기 귀신이 붙어있는 기분이었다. 동창회를 찾아갔다. 그 이름 바꾸는 것, 어림도 없었다. 애국자 이상의 애교가(愛校家)들이었다. 부제(副題)를 붙였다. '금바다'였다. 김해(金海)를 풀어쓴 이름이었는데 '신어'를 좀 덮는 것이었다. 애교가들이 보면 신어를 더 빛나게 할 이름이었다. 훗날, 귀신이 아니고 영 다른 뜻의 것을 알게 된다. 집 문제도 해결되고 책도 거의 완성된 시점 이후였다. 신어에 대한 것, 동창회 애교가들의 생각이 맞았다. 그들이 말한 신어의 뜻은 신어였다. 바꾸면 큰일 난다고 했는데 큰일 날 뻔했다. 천원(天元)을 볼 줄 아는 눈들이었다.

아내는 이웃집과 교회를 하루가 멀다 하고 나돌았다. 그것도 하루 이틀이지 달포도 넘게 지내면서 할일이 아니었다. 이웃은 하기 좋은 말로 말했다.

"버틴 김에 조금 더 버텨요. 나가기만 하면 전세금 못 받아요."

나도 아내 따라 그 집에 더러 들러 바둑을 두었다.

"바둑 두러 안 가세요?"

이웃집에 가자는 말을 아내가 둘러말했다. 그 집 한 남자와 바둑 친구가 되었다. 석 점을 내가 붙이고 두는데도 지는 경우가 많다. 화점을 중심한 사선(四線) 바깥쪽, 귀를 살리려고 발버둥치다 보면 백은 중앙에 대가(大家)를 짓는다. 큰 집, 큰방이었다. 이번엔 이번엔 하면서도 귀를 줄 수 없어 똑같은 모양으로 진다. 기분이 나빴다. 천원(天元)을 보지 못하는 나의 눈이 안타까웠다. 넉 점을 붙이게 되었을 때부터 나는 그 집에 가길

꺼렸다. 가끔 갔다.

한날 바둑을 두다가 시내에 볼일이 있어 일어났다. 고개 마루를 지나다가 한곳의 종이를 집어본 적이 있다. 구두를 닦던 가앙을 본 그곳이었다. 이상하게 집어보고 싶은 마음이 있었다. 글이 몇 줄 적혀 있었다.

**1973년, 누나 년....... 대석이와 함께 갔다.
앉, 아버지를 보았다. 산, 어머니는 구경만 하고 있었다.
나를 실로암에 보낼 궁리를 하고 있었다.**

행 구분이나 띄어쓰기가 안 된 것을 약간 정리하여 읽었다. 형문이 쓴 글로 보였다. 글 내용은 오래 전, 실로암에 가기 전의 것으로 보였고 종이 모양으로 봐선 요즘 버린 것으로 보였다. 그의 생각이 가까운 옛날, 1973년에 아직 머물러 있었다. 쓴 것은 근년, 근간일 수 있었다. 누구의 손에 의해 버려졌을까? 제일 먼저 떠오른 인물이 가앙이었다. 어떻게 취했고 왜 여기 와서 버렸을까? 아들 방에서 호주머니에 넣었다가 구두를 닦으려고 냈다가 버렸을 수도 있었다. 형문이 집을 이탈하여 여기 섰다가 그의 손으로 버릴 수도 있었다. 이 경우는 그의 외출 범위가 여기까지, 그 이상일 수도 있다는 가정이 된다. '앉, 산' 두 자는 뜻을 알기 힘든 오자(誤字)로 보였다. 감탄사로 보이기도, 문장의 앞이어서 주어로 보이기도 했다.

그 종이 한 장을 있던 곳에 버리면서 문득 바둑판이 떠올랐다. 행 구분이나 띄어쓰기가 안 된 것을 약간 정리하여 읽으면서 이미 떠올랐으나 어처구니가 없어서 눌렀던 생각이었다. 무질서하게 던져진, 종이에 적힌 낙서의 글이 바둑판에 놓는 돌로 보인 것이었다. 세든 집 마당의 박태기 나뭇잎을 바라보면서 시를 썼던 일처럼 엉뚱한 생각인데 떠오른 것을 뭉갤 수도 그냥 둘 수도 있는 자유, 나는 가끔 그런 자유를 즐겼다. 아내가 알면 돌았다거나 인간도 아니라고 할 것이다. "그래 그럼, 인간이 아니고 사람이다." "인간도 사람도 아니다." 주고받을 말이 가까이 맴돌았다. 가까이 맴도는 아내의 말을 짓누르며 나의 자유를 앞세웠다. 바둑돌로도 보인 몇 단어들을 흑백의 것으로 나누어야 했다. 오자로 보인 것은 뺐다.

 1973년, 누나 년, 대석이, 나, 갔다, 보았다 - 흑
  아버지, 어머니, 구경만 하고 있었다, 보낼 궁리를 하고 있었다 - 백

같이 바둑 둘 사람이 있어야 했다. 이웃 아저씨 대신 낙서의

주인인 형문이 먼저 떠올랐다.

"우리 바둑 한판 두자."

형문을 끌어왔다. 허공인 그의 그림자였다.

"싫어요."

"둬보자."

억지로 두게 한다. 흑은 형문이고 백은 나였다. 흑백의 것들로 나뉜 말들을 각기 자기의 손에 쥐었다. 빈 천원의 자리가 보였다. 나는 천원에 백 낙서 단어들을 놓았다. 사시인 형문은 천원도 사선 바깥도 아닌 곳에 흑 단어들의 돌을 놓았다. 천원에 놓는데 사선 바깥으로 나갔고 거기 집을 짓는가 했는데 판에 돌이 놓이지 않았다.

"넌 졌어."

허공에 말했다.

"히히히히.......안 졌어. 못 잡아."

허공에서 답이 왔다.

"그럼 돌 놔봐."

"돌?"

돌을 천원 가까이 놓는데 이번엔 도무지 잡을 수 없었다. 대석이, 나, 갔다, 보았다....... '나'를 잡기 위해서 '아버지'를 놓았는데 잡히지 않았다. 하나인 것 같은, 둘인 것 같은 돌을 놓았기 때문이다. 어이없게 乂에서 八이 떨어져 나간 乂자가 떠올랐다. 그 乂자 위에 오자인, 흑백에 넣지 않은 안 산이 머뭇거렸다.

그럭저럭 형문이 나온 지 석 달이 넘어서는 겨울방학 가까이까지 가게 되었다. 우리가 들어온 지는 아홉 달째가 되었다. 가끔 직장에 나가 근무를 해야 하지만 그래도 교원의 경운 방학이 여유였다. 직장에 나가면 집안 걱정으로 일손이 잡히지 않는 날들이었는데 방학에는 집에 있는 날이 많아 우선 한시름 놓을 수 있었다. 이 방학 안에 집 문제는 일단 해결해야 한다. 집 안에 아내와 같이 있으면서 그동안에 아내가 얼마나 공포 분위기에 떨었는지 새삼 알 수 있었다.

성탄절 전날 밤이었다. 아내는 십자가 등을 내걸었다. 교회 학생들이 십자가 모양으로 손수 만든 등이었다. 그렇게라도 하여 정신적인 무기로 삼고 버티어 보려는 것이러니 하고 말리지 않았다. 붉은 불빛 때문에 나는 밤중에 잠이 한 번 깨었다. 완전히 불을 끄지 않으면 숙면을 취하지 못하는 버릇이 나에게는 있었다. 밤중에 형문의 방 쪽에서 두어 번 괴성이 들려왔다. 나는 잠깐 들은 그 괴성 때문에, 그리고 아내가 달아놓은 십자가 등 때문에 새벽까지 잠을 설쳤다.

"당신 오늘만이라도 같이 교회에 나가요."

밝은 날, 나들이옷을 차려 입은 아내가 나를 이끌었다. 오늘이 무슨 날인가. 방학 첫날이고 성탄절이었다. 총각시절, 지난밤에는 진탕 술을 마셨다. 그런데 결혼 후 지난밤에는 어떠했나. 잠을 설치며 불안해했다. 그런 나를 아내는 교회에 가자고 끌었다. '한 번'이란 말을 슬쩍 바꾸어 '오늘만이라도'라고 했다. 난처하게 되었다 할까 따분하게 되었다 할까. 거절할 수도 그렇다고 얼른 따라 나설 수도 없었다. 어디 시내에 나가 모처럼 영화구경이나 하자면 몰라도 맥이 빠졌다. 그것도 일찌감치 나들이옷을 갈아입고 나를 끌었다. 일상 외출 시에 일이십 분을 기다리게 하는 아내였다. 남은 기다리든 말든 설거지까지 다 하고 또 화장대 앞에 앉는다. 그런 그녀가 먼저 완전한 차림으로 내가 신만 신고 따라 나가면 될 정도로 하여 "가요."하고 청한 건 예외였다. 놀기 삼아 한번 따라가 볼까 하는 마음이 생겼다. 나는 일어섰다. 잠을 설쳤지만 그것은 그리 큰 문제가 안 되었다. 집 문제도 있고 하여 못 이기는 척 아내의 뜻에 오늘은 따르리라 맘먹었다. 애를 내가 안았다.

아내는 그날 온종일 달떠 있었다.

"잘될 거에요. 어떻게 되겠지요 뭐. 당신이 교회에 나오는 일이 제일 기뻐요. 너무 걱정하지 말아요. 무슨 뜻이나 때가 있을 거에요. 조금만 더 버텨보는 거에요. 져서는 안 돼요."

아내가 기뻐하는 이유를 나는 알 수 없었다. '나오는'이 아니고 '나가보는'이지. 괜히 동사 하날 가지고 트집 잡을 것을 만들었다. 트집, 말로 내진 않고 참았다.

"당신이 언제 눈을 뜨게 될지, 언제 말씀에 귀가 열리게 될지, 언제 한방에 들어오게 될지……."

같이 교회에 다녀온 나에게 이번에는 걱정스런 말을 했다. 갈 때 말과 올 때 말이 달랐다. 천원을 왜 보지 못하느냐는 말로 들렸다. "천원을 봤어. 고개 마루에서 형문과 바둑 한판 두었어." 그런 말로 답을 하고 싶었으나 그것도 참았다. 아내에게 들켜서는 안 될 큰방이었기 때문이었다. 아내만이 사는, 보이지 않는 큰방이 있어 보였다. 아내의 신앙세계, 그 방을 나는 아직 알지도, 들어가 보지도 못한 건 맞다. '들어오게'가 아니고 '들어가게'지. 동사의 방향이 다시 귀에 거슬렸다. 한번 나가본 부흥회 때 '포기와 순종'의 핵심이 귀에 들어온 적 있었는데 그 신기했던 체험은 뒤에 잘 생각나지 않았다.

집 문제가 해결이 잘 안 되고 살벌한 분위기에 살면서 이상한 세계를 내 눈으로 보게 되었다. 전연 나의 뜻이 아닌, 억지로 보게 된 세계였다. 불쾌한 구경으로서의 보임이었다. 마루 건너 맞은편 갓방에 있는 형문의 세계를 엿보게 되었다. 한방에 사는 아내의 신앙세계는 아직 보지 못하였는데 갓방의 세계를 보기 시작한 것은 좋은 일은 아니었다. 직접, 때로는 그의 소리를 통해서 어떤 모습일까를 상상하면서 보기 시작했다. 심적 고통을 받으면서 나는 그의 생활에 몇 걸음 다가섰다. 그의 생활이나 습성이 날이 갈수록 쉽게 간파되었다. 이것은 순전히 내 힘만은 아닌, 어떤 외부나 내부의 눈이 좀 보태어진 것임을 밝혀 둔다. 천원(天元)을 좀 볼 수 있는 눈과는 다른, 그러나 꼭 다르다고만은 볼 수 없는 그런 눈이라고 할까. 이러다가 내가 정신이상이 되지 않는 건지, 그의 생활에 접근하면 할수록 이런 불안까지 밀어닥쳤다. 그것이 극히 제한된 그의 생활의 일부일지언정 일상의 것이 아니고 위험성까지 동반하고 있기 때문에 조심스럽게 엿보았다. 옆에 가서 옆 눈으로 살펴보며 같은 바람을 쐬는 그런 다가감이나 엿보는 일이었다.

아픈 식탁

형문의 아버지인 가양은 옆집에 산다. 보기 싫은 아들을 피하여 옆집으로 갔다. 아내인 당동댁이 갖다 주는 밥을 먹으면서 한집이 아닌 옆집에 사는 사람이다. 형문의 어머니인 당동댁은 형문과 한집에 산다. 형문의 가장 가까운 곳에서 산다. 일상 그녀는 아들 방과 미닫이로 칸막이가 된 뒷방에서 기거했다. 잠도 물론 거기서 따로 잔다. 밥 때가 되면 밥을 옆집 남편에게 갖다 주고 아들에게도 챙겨주고 자기는 뒷방에서 혼자 대강 먹어 치운다. 이삼십 분 뒤엔 알약과 물 컵을 아들에게 갖다 준다. 쓰레기통에 분무(噴霧)하는 것도 잊지 않았다. 점심때를 제외한 아침저녁의 이 그녀의 봉사는 어김이 없다. 정신이상인 아들과 한 집에 가장 가까이 살면서 보이는 것 보고 안 보이는 것 안 보며 산다. 이것저것 생각나는 것은 안 보이는 것이니 묵살하며 사는 게 그녀의 지혜요 처세술이다. 하루하루를 그렇게 보내면 한 주일 한 주일도 그렇게 간다. 세 식구가 가까이 있으면서 한 식탁에 같이 앉기 힘든 것도 그냥 보이지 않는 하루였다.

계약 관계이긴 하나 우리도 형문이네 집, 한 울 안에 산다. 바로 그 안이라고 할 수 있고 가까운 옆이라고도 할 수가 있다. 가까운 곳 옆에 살면 가까운 것이 보인다. 보기 싫어도 보인다. 언제까지가 될지 모르나 한집에 살게 되었으니 잘 보이는 것도 잘 안 보이는 쪽으로 밀어두는 게 마음이 편할 수 있다. 그러나 그렇게 잘 되지 않았다. 형문의 세계를 보지 않으려고 해도 보였다. 보이지 않는 것까지 가끔 보였다. 하루하루가, 한 주일 한 주일이 그래서 더 힘들었다.

안 보이는 것이 보이는 것, 좋은 일이 아니었다. 내 눈이 이상하게 되지 않나 우려할 정도로 형문의 안 일부가 가까운 옆에서 더러 보였다. 내 쪽에서 나의 눈이 그의 안 일부를 엿보는 의도적인 능동성도 조금 있었다. 의도적인 능동성이란 작가의 눈이나 기질을 두고 말한다. 아내가 알면 인간도 아니라고 할 성질의 것이어서 대강 이 정도로 말해두고 넘어가려 한다. 형문은 나의 시야에서 숨기도 하고 제 모습을 드러내기도 하며 살았다. 내가 한집 울안에서 자기를 보고 있다는 사실을 그는 알 턱이 없다. 적당하게 가깝거나 먼 거리에서 그를 엿보면서 나는 불안한 일상을 맞고 있었다.

형문에겐 한집 사람이든 옆집 사람이든 부모든 세든 사람이든 너무나 먼 당신들이었다. 형문의 눈에 보이는 거리 공간은 가까운 한집이나 옆집이지만 먼 바깥이었다. 먼 바깥, 한집에 그의 어머니가 살고 또 세든 사람이 살았다. 옆집에 그의 아버지가 살고 있는 것도 보았다. 그의 눈 깊은 곳에 먼 거리로 간 사람들이 살고 있었다. 그의 누나와 친구들도 마찬가지였다. 한때는 가까이 있었던 사람들이 먼 당신들이 되었다. 먼 사람들 곁에 먼 모양들이 있었다.

방 안에서 낮 동안 형문은 두문불출 혼자 방을 지켰다. 그의 공간은 일차적으로 그가 기거하는 갓방이었다. 아무도 그를 간섭하거나 감시하지 않는다. 간섭, 감시를 받지 않는데도 용변 보러 바깥으로 나왔다가 끝나 자기 방으로 돌아갈 땐 쫓기는 모양이었다. 화장실에서 방까지의 거리는 가까웠는데 그에게는 결코 가까운 거리가 아니었다. 거처하는 방 안도 거기가 거기지만 먼 곳 먼 모양이었다. 꼭 거리감만은 아니다. 있다가도 없어질 것 같은, 없다가도 뭔가 나타날 것 같은 그런 불안한 공간이었다. 실로암에서 겪은 습성이 집에서도 나타났다. 집이 멀어졌다. 집에 와서도 제가 있는 집이 실로암 쯤, 멀리 있는 느낌을 느꼈다. 가까운 곳이나 현재가 멀어진 것, 일상에서 벗어난 것이고 그것이 형문의 병이었다.

그는 보이지 않는 어떤 울에 갇혀 자기 세계 속에서 산다. 대개 방에 드러누워 잠을 잔다. 자지 않을 때에는 멍청하게 눈만 멀뚱멀뚱하게 뜨고 있는 경우가 많고 엎드려 담배를 피우거나 또 마음이 내키면 일어나 창문을 내다보는 것이 그의 일상이다. 그에게는 일상과 비일상이 있는데 이 경계가 분명하지 못할 때가 많다. 그래서 겉보기인 일상 그 자체도 정상적이랄 수 없다. 일상 잠을 자면서 그는 비일상에의 잠재를 키워나갔다. 일상과 비일상의 경계가 명확하지 못하고 일상 그 자체도 비일상의 것을 잠재하고 있기 때문에 비일상이 그의 일상이라고 할 수 있다. 그래서 주위에 있는 사람들로 하여금 불안을, 심한 경우는 공포의 분위기를 안겨주었다.

해질 무렵에 형문은 일어나 창문을 열었다. 그의 방에는 마당 쪽과 골목길 쪽에 창문이 있다. 맑은유리와 젖빛 색유리가 두 짝씩 되어있는 보통 창문인데 주로 닫혀 있다. 그래서 더 사람 사는 것 같지 않았다. 바깥에서 어떤 소리가 들릴 때 그는 잠깐 일어나 문 밖을 내다보거나 문을 연다. 골목을 지나는 상인 또는 패거리들의 소리이거나 바람소리일 경우가 많다. 오늘은 무질서하게 창문까지 뒤흔든 바람이었다. 마당을 건너 앞집 지붕이 먼저 그의 눈에 들어왔다. 저 지붕이 전에 있었던가, 잠시 생각했다. 있었다 없었다, 헷갈렸다. 잠시 주춤하여 물러섰던 바람은 다른 패거리를 불러 왔다. 좁은 마당과 담과 굴뚝과 잎이 떨어진 나무 몇 그루에까지 어둠이 내리고 있었다. 저 집이 전에 있었다 없었다, 흔들려 보이는 앞집 뒤창에 불이 켜질 때까지 그는 버티고 서서 그런 눈으로 바깥을 바라보았다. 불빛보다 더 깊고 무거운, 어둠에 묻혀 가는 풍물들이 거센 숨을 몰아쉬면서 눈을 뜨기 시작하였다.

앞집보다 십육 분 뒤 형문의 방에도 불이 켜졌다. 문을 닫고 그는 제 손으로 방의 불을 켠 것이다. 책상 앞에 앉았다. 그리고 노트에 글자 몇 자를 썼다. 책꽂이, 손이 닿기 쉬운 곳에 꽂혀있던 노트를 끌어다가 폈다. 앞 몇 장은 이미 찢어져 나갔다.

  1973년, 누나 년, 실로암, 압, 산…….

담배를 피워 물었다. 벽의 한 지점을 바라보며 무슨 생각엔가 젖어 있다가 쓴 게 마음에 들지 않아선지 찢어 구겨버리고 다시 쓴다. 구겨버린 낙서지, 말도 구겨진다.

년, 갈보년, 실로암, 진흙, 흑흑흑.......

다시 쓴 것은 년이 앞으로 왔고 실로암이 더 자리를 차지했다. 먼 거리에 있는 것을 끌어와 쓴 것인데 쓰고 구기니 한 손바닥에 쥐어진 돌멩이가 되었다. 갖고 놀 수도 있는, 조금씩 커져 무기가 될 수 있는 것이 되었다. 먼저 쓴 것은 방바닥으로 밀려 떨어졌고 다시 쓴 것은 호주머니에 넣었다. 구겨진 말이 방바닥으로 떨어지고 호주머니에 들어갔다.

그럴 즈음 그의 어머니가 돌아왔는데 책상 앞에 앉은 아들을 보고 대견해했다.

"공부하네에. 배고프지? 우리 총각이 집 지키면서, 공부하면서 얼마나 배가 고팠을꼬."

그의 어머니에게 물어보고 싶은 것이 있었다. "저 앞집 지붕, 언제 생겼죠?" 그러나 묻지 않은 것은 그 집이 언제까지 거기 있을지 알 수 없기 때문이었다. "그 년이 살아요?" 그렇게도 물어보고 싶었으나 그 집이 금방 사라지고 그 년이 나타날 것 같아서 묻지 않았다. "올해가 1973년인가?" 그렇게도 물어보고 싶었으나 올해도 모르는 어리석은 녀석이라 핀잔을 받을 것 같아서 참았다.

그의 어머니 당동댁은 저녁을 서둘러 준비했다. 담배를 비벼 끄고 그는 더 신나게 낙서질을 했다.

1973, 갈보년, 실로암은 어디에, 진흙, 흑흑…… 앋, 샇……

이번에도 오자인 듯한 앋, 샇이 있었다. 무의식 속의 의식이 번득인 말이었다. 무의식 속의 의식은 상식을 초월할 수 있었다. '흑'은 '흙'의 발음이거나 속으로 우는 말로 보였다. '오자로 보이는 앋'은 '앗'이나 '아들', '샇'은 사타구니 '샅'이나 '사랑' '사람'의 더듬거리는 말일 수 있다. 온전한 말로 격상시키면 어근(語根)일 수 있다. 낙서가 싫증이 나자 이번에는 싱글싱글 웃으면서 노래를 부르기 시작했다.

마음 약해서 잡지 못했네에 돌아서는 그 사라암……

그의 어머니는 기분이 좋아졌다. 손이 가벼워져 장단을 맞추듯 도마질을 했고 밥이 한소끔 끓을 때에도 웃음이 나왔다. '쟤 아버지는 왜 여태 안 오노.' 새삼스레 옆집으로 숙소를 옮긴 남편이 기다려졌다. 아들의 정신이 완전히 돌아온 것이 아님을 알면서도 책상 앞에 앉은 모양과 노래로 말문이 한 번씩 열리는 게 그녀는 그럴 수 없이 좋았다.

**혼자 있으면 쓸쓸하네요오 내 마음 쓸쓸하네요
짜아라라 짜짜짜 짜아라라 짜짜짜……**

그의 십팔번이다. '짜아라라 짜짜짜'만 수없이 반복할 때가 있는데 이때는 그의 안속을 종잡을 수 없는 때이다. 그러나 그의 어머니는 그런 걸 알 수 없었다. 일부러 모르는 척할 수도 있었다. 그가 쓴 낙서의 내용을 한 번도 눈여겨보거나 알아보려고 한 적이 없었다.

그가 낙서했던 하나는 방바닥에, 하나는 호주머니 속에, 하나는 노트에 그대로 있었는데 마음이 바뀌어 조금 전 노트에 쓴 것을 아까처럼 찢어 구겼다. 웃는 표정도, 그렇다고 화난 표정도 아닌 얼굴로 벽의 한 공간을 향해 그걸 던졌는데 그것은 그만이 아는 과거의 한 지점이었다. 누나가 준 졸업 축하화환이 걸려 있었던 자리였다. 떨어진 그것을 발로 한번 찼다. 방바닥에 있는 둘 중 하날 집어 창밖 마당으로 던졌다. 무게가 없는 돌멩이었다.

"밥 먹어라."

밥상을 들이밀며 그의 어머니는 방바닥의 휴지 하날 주워 쓰레기통에 집어넣었다. 형문은 눈을 지그시 감고 그것들을 눈감아 주었다. 아무 말 없이 밥상 앞에 앉아 밥을 먹기 시작하는 그를 그녀는 고즈넉이 옆 눈으로 바라보았다. 그동안에 나이 들었다.

"밥 많이 먹어라, 우리 아들. 스물여덟이 되었구나, 맞지?"

"스물여덟은 무슨……."

주고받은 말은 둘 다 입 밖으로 안 냈지만 그 비슷한 말이 식탁 주변에 감돌았다. 아픈 식탁, 문득 그런 말이 그녀의 눈에 담겼다. 식탁은 고갯길 아래 한 동네에서 만난 한 무더기의 바람일 수 있었다. 활천고갯길 아래 활천인데 그 활천의 속에 그런 바람이 숨어있어 보였다.

1—1=1

형문의 가장 가까운, 마지막 친구가 대석이었다. 대석의 어머니는 형문이 실로암에 가기 전에 형문의 집과 형문에 대해서 많은 것을 알고 있었다.

"그 집에선 군에서 두들겨 맞아 정신 이상이 됐다고 그래요. 아니에요."

대석의 어머니가 나의 아내에게 한 말이다. 대석의 어머니는 아내가 나가는 교회의 신자이기도 했다. 방위였던 형문은 훈련 기간 중 교관에게 좀 두들겨 맞은 적이 있었다. 교관의 농담 끝에 대들었다. 교관의 농담은 텍사스 골목의 여자 류에 대한 내용이었다. 농담 끝에 하필 형문에게 "네 누나 있니?" 물었다. "있다, 왜?" 답하며 대든 말. "이 자식이, 이리 나와." 좀 맞긴 했다.

"이미 방위 군복무 전에 돌았대요. 훈련기간 중 교관에게 맞은 건 맞는데 돌 정도는 아니었고 형문의 집에서 괜히 트집을 잡았대요. 돈(錢) 돈 하다가 아들 돌게 됐는데 돈 이유는 따로 있대요."

아내가 형문의 부모 처사까지 싸잡아서 한 말이다.

형문이 3주간을 벙어리 냉가슴 앓듯 침 먹은 지네가 되어 들어앉았을 때 당동댁은 눈앞이 캄캄했다. 그러다가 겨우 말문이 틔었는데 전과 다른, 한번 내뱉어버리는 말이었다. "새애끼"란 한마디였다. 아무에게나 "새애끼" 하며 침 뱉듯 한번 뇌까려야 직성이 풀렸다. 참고 넘기지를 못했다. 삼칠일 간의 벙어리 병에서 그래도 겨우 말문이 트인 것이어서 그 욕설도 그녀의 귀에는 반가웠다. 그 말끝에 가시가 돋아 있었다. 주위 사람들, 한집안 사람들이나 이웃, 주변 친구들이 상대였다. 그즈음, 그러니까 그 말끝에 가시가 돋기 시작한 때부터 그의 눈의 시선이 조금씩 달라지며 이상해졌다. 쉬쉬 하면서 한동안 이 사실을 숨겼으나 알 사람은 다 알았다.

"우리 형문이 어떻더노? 느그들 끼리 놀면서도 이상하더나?"

그녀는 형문의 한동네 친구인 대석을 만나 물었다. 이상하지 않더란 말을 기대한, 어려운 질문이었다. 형문과 친구로 지낸 지가 오래된 그는 기억을 더듬어 말했다.

"싱글싱글 웃기만 하며 말을 잘 안 했어요. 누나 때문에 무슨 쇼크를 받은 것 같기도 하던데요. 남녀 관계에 대한 너스레를 늘어놓으면 신경이 날카로워지며 인상을 썼습니다. 텍사스 골목 말이 나왔을 때 화를 내고 자리를 떠난 적도 있구요. 길에서 만난 아버님을 보고 모르는 사람처럼 그냥 싸악 지나쳐 버린 일도 있었습니다. 제가 대신 두 번을 아버님께 꾸벅 인살 했는데 인사한 그 사람 누구냐고 물을까 겁이 팍 나더라구요."

그동안 말문이 막혔다가 틔었다고 그녀는 아들의 친구에게 자랑을 했다.

"대학 문제 때문에 자기 아버지와 좀 싸웠어. 지가 싫은 거 우짜겠노."

친구니 한번만 놀러와 달라는 부탁을 했다. 텍사스 골목이나 인사 문제에 대해서는 못 들은 체했다. 형문과 오래 가까웠던 대석은 좀 마뜩찮긴 해도 당동댁의 부탁에 그러마고 했다.

대석이 하루는 형문을 찾아왔다. 형문의 어머니로부터 부탁을 받은 바도 있고 입대하기 전에 아무래도 한번 찾아보는 게 도리일 것 같아서였다. 대석은 형문의 비위를 건드리지 않으려고 말 한마디에 조심을 했다. 몸이 어떻게 아프냐는 말도 괜히 오해를 살까봐 하지 못하였다. 형문의 어머니가 준비한 음식을 먹으면서 말 한마디 하는 것도 하지 않는 것도 신경이 쓰였다. 장난을 치기도 지나친 농담을 나누기도 했던 친구였는데 형문은 사람이 달라져 있었다. 어벌쩡하게 친구들 소식 몇 마디를 전하다가 자기도 군에 입대하게 되었다는 말만 하고 일어났다. 형문은 아무 말도 않고 그저 싱글싱글 웃고만 있었다. 전에 둘이 텍사스 골목에 갔다 온 적이 있었다. 그 일을 생각하면서 웃고 있을 수는 있으나 화제에 올려서는 안 되는 일이었다. 웃고만 있던 형문은 대석이 불안하게 신을 신고 나갈 때에야 입을 열어 한마디 했다.

"새애끼, 좀 일찍 오지. 꼬라지 인자 못 보겠네."

대석은 뒤도 돌아보지 않고 쫓기 듯 형문을 떠났다.

대석이 군에 입대하기 전날 밤에 이번에는 형문이 그를 찾아갔다. 제 남은 정신으로 남을 찾아가본 것, 그것이 그로서는 마지막이었다. 집을 찾고 친구의 이름을 부를 정도였으니 자기의 정신이 좀 남아 있었다.

"석아."

불은 켜져 있었는데 안쪽에서 대답이 없었다. 분명히 대석의 집이었다. 자나, 어디 갔나.

"석아."

다시 불렀다.

"석이 잔다."

대석의 어머니 소리가 났다. 방문은 열리지 않았다. 전에 같으면 얼른 방문을 열고 내다보거나 대문까지 나오던 분이었다.

"석이 잠깐만 만나보고 갈라구요."

"우리 석인 잔다. 낼 새벽에 떠나야 되기 때문에 깨울 수가 없다."

방문은 열리지 않았고 대문은 안으로 잠겨 있었다. 잠깐만 보고 갈 텐데 그깟 잠 십여 분 덜 자면 안 되나. 이번에는 자는 대석의 귀에 직접 들리도록 크게 불렀다.

"석아, 석아."

대답이 없었다. 끝내 방문도 대문도 열리지 않았다.

닫힌 대문 바깥에서 돌아서면서 형문은 욕을 내뱉었다.

"새애끼."

새애끼, 불이라도 끄지. 불이라도 끄고 자지. 새애끼, 잠귀는 어두워가지고…….

열한시나 자정 쯤 되었을까. 형문은 시계를 보지 않았다. 밤이 깊어질수록 그는 시간 밖으로 밀려났다. 그때 그의 뇌리에 불현듯 떠오른 것은 우리말을 모르는 자형이었다. 텍사스 골목 술집 여자였던 누나를 그래도 귀히 여기고 집에까지 따라온 미군에게 한마디쯤은 영어로 건네 보고 싶은 마음이 간절했었다. 그러나 불쑥 나온 말은 우리말이었다. "자형, 언제 제대하여 미국 갑니까?" 반은 자형에게 반은 누나에게 준 말이었다. 둘은 서로에게 미루어버리고 답을 주지 않았다. 멀뚱멀뚱 보기만 하던 코쟁이가 누나와 함께 혐오감으로 바뀌기 시작했다. 그 방면에 제법 이력이 난 누나가 설령 그의 말을 통역해주었더라도 별로 속이 개운해지지는 않았을 것이다. 지금까지 당한 수모까지 몰아닥쳤다. 그날 밤 불 꺼진 누나의 방에 대고 무슨 말이든 한마디라도 영어로 내뱉고 싶어 잠을 설쳤다. "선 옵 비치." 주워들은 욕으로 중얼거렸다. 곧 미국으로 갔지만 그의 누나에 대한 소문은 떠나지 않았다. 실제로는 둘 다 일본에 갔는데 가앙과 당동댁은 이웃들에게 자기 딸이 미국 가서 산다고 했고 형문도 자기 누나가 미국에 사는 줄 알고 있었다. 형문의 누나는 미국으로 간 적이 없었다. 그의 누나에 대한 소문 중의 한마디만 소개한다. "그 버릇, 한 남자의 것으로는 안 될 걸……."

"새애끼들 다아 귀는 어두워가지고……."

말이 잘 통하지 않는 귀들을 향해서 욕설을 했다. 집으로 돌아와 형문은 담배부터 찾았다. 불은 켜고 싶지도 않았고 어둠

속에서 담배와 성냥만 찾아 불을 붙였다. 그때 그의 아버지가 외출에서 돌아왔다. 불 꺼진 방에서 담배만 뻐끔뻐끔 피워대고 있는 아들을 향해 고함을 질렀다.

"아직 초저녁인 줄 아나. 열두시나 됐는데 자빠져 안 자고 뭐 하노?"

아버지의 힐책은 한편 두려우면서 오래 듣지 못한 사람의 소리였다.

"새애끼."

형문은 틀이 완전히 잡힌 그 말을 뼈물 것도 없이 내뱉었다. 뺨따귀가 찰싹 날아왔다. 무방비한 상태에서의 맞음이었다. 형문은 아차 실수를 했구나 싶었는데 때는 늦었다.

"새끼? 새끼? 내가 니 새끼야? 스물두 살이나 처먹은 놈이 애비가 들어오면 담뱃불을 끌 줄 아나. 그래, 애비가 니 새끼란 말이야, 이놈아!"

"예."

형문이 응답했다. 아버지의 질문에 대한 답이 아니면서 맞았다. 반은 대석에게, 반은 자형에게, 그리고 약간 남은 공간에 대고 답한 말이었다. '대석이 새끼, 코쟁이 새끼'란 말이에요.

"뭐, 예?!"

형문의 아버진 화가 부쩍 났다. 못난 놈. 남들 다 가는 대학에

나 가보고 싶다고 말 한마디 한 적 없고 취직을 하겠다든지 뭘 사달라든지 하는 말도 없이 방에만 들어박혀 있다니. 못난 놈 하나 잘 키워보려고 몹쓸 짓도 한 건데 아버지에게 뭐라고?! 형문은 다시 답을 하지 않고 입을 다물었다.

"고등학교까지 나온 놈이 뭐가 부족해서 정신을 못 차려, 이놈아. 말 좀 해라. 속 시원히 말이나 좀 해봐라, 이놈아."

다시 주먹으로 쥐어박는 아버지의 손을 형문은 무의식적으로 나꿔챘다. 그의 아버지는 벽에 몸을 부딪치며 비틀거렸다. 지금이라도 아버질 보고 한 말이 아니라고 극구 변명할 수 있었다. 그러나 형문은 말 대신 책상을 쾅 주먹으로 쳤다. 그 소리는 조금 전 아버지의 말을 누르고 누구에게인지 분노를 재촉했다. 책상을 엎으려다가 유리창으로 주먹이 날아 잠깐 사이에 큰 유리 한 장이 내려앉았다. 유리를 깨는 이력이 여기서 시발된다.

실직하여 몇 년을 일정한 일 없이 소일한 가앙은 그날 밤에도 노름을 했다. 빈주머니가 되어 들어오는 참이었다. 해외에 거주하는 딸에게서 돈이 부쳐왔는데 그것이 그간 밑천이 되었다.

부자지간에 이렇게 쌈질을 하는 사품에 당동댁은 미닫이로 된 뒷방에서 불도 켜지 못하고 미닫이문 틈으로 두 남자를 보고 있었다. 눈에 핏발이 서서 사그러들 줄 모르는 그네 남편과 유리를 깨고도 피투성이가 된 주먹을 감싸 쥐려고도 않는 엄발난 아들의 손을 바라보고 있었다. 저걸 남편이라고, 저걸 자식이라고……. 죽이지도 못하고 사람 만들 재간도 없고……. 허긴 그 아비에 그 아들이지. 그녀는 알고 있었다. 아무리 가재는 게 편이라지만 남편에 대해서 알 만큼은 알고 있었다. 노름한 걸, 빈주머니가 된 걸 본 건 아니지만 짐작을 하고 있었다. 아들의 아버지에 대한 반항도 보기 사나운 것이었지만 남편의 몰골도 보기 싫었다. '니네들이 죽거나 내가 죽거나 이 집안은 누가 한 사람 자빠져야 돼. 깨 조져라, 이왕 망할 집구석…….' 세 사람 다 포함된 말이나 아들은 조금 안쓰러운 쪽으로 약간 밀어냈다. 전에도 부자간에 언성이 높아질 때가 있었다. 대학 진학 문제 때문이었는데 아들은 무조건 가기 싫다고 했고 아버지는 정도에 지나게 따졌다. 아들이 아버지에게 좀 대든 것은 대학 문제도 약간 있었지만 자기 누나 문제가 더 컸다. 자기 누나 문제만으로도 정신이 돌 소지가 있었다. 이웃들도 대강은 아는 문제였다.

소문은 소문대로 나고 두문불출하는 그를 찾아오던 친구들까지 끊겼다. 차츰 더 다른 사람으로 변해갈 때 당동댁은 안달이 났다. 대석의 어머닐 만나러 갔다. 부탁을 한 대석이 다녀가고 난 뒤에 더 안 좋아져서 택한 발걸음이었다.

"우리 형문이 대학 문제 때문에 자기 아버지와 싸운 적이 있어요."

이런 저런 소문이 감당이 안 되게 돌자 당동댁이 대석의 어머니에게 말했다. 대학 문제를 일부러 끄집어 낸 건 정신이 부실하지 않다는 말을 은근히 하고 싶어서였다.

"우리 형문이 지 아버지한테 좀 대들긴 했어요. 크는 애들 다 그렇잖아요."

그냥 듣고만 있는 대석의 어머니에게 당동댁이 설명을 덧붙였다. '정상이 아니에요, 당신 아들. 곧 더 큰일이 생길 수도 있어요. 군에 간 우리 아들한테 들었어요.' 대석의 어머니는 그런 눈으로 듣고만 있었다. 병원에 가보란 말을 끝내 하지 않고 듣고만 있었다. 한두 번 어른한테 대들거나 눈이 좀 이상해지는 건 있을 수 있으나 몇 주간 그런 게 지속되면 정상이 아니야. 그런 충고도 끝내 하지 않았다.

형문은 유리를 깨며 아버지에게 대든 그날부터 '새애끼'란 말을 쓰지 않게 되었고 다시 벙어리 냉가슴 앓듯 침 먹은 지네가 되었다. 작은 사고를 하나 더 냈다. 별 이유도 없이 사진이 든 액자들을 내려 마당에 팽개치고 싱글싱글 웃고 있었다. 날이 가도 차도는 없었고 남의 이목 때문인지 병원에 넣지도 않았다. 군 방위 복무 기간을 다 마치지도 못하고 정신요양소에 강제로 입소된다. 실로암요양소란 간판이 붙은 집이었다. 그곳에 감금되어 지낼 동안 그는 실로암에 대해서 들었다.

예수께서 땅에 침을 뱉어서 진흙을 이겨 그 사람의 눈에 바르셨습니다. 그리고 그에게 말씀하셨습니다. "실로암 연못에 가서 씻으라." 그 사람이 가서 씻고는 앞을 보게 돼 집으로 돌아갔습니다. (성경 요한복음9:6-7)

이 구절 중에서 그의 머릿속에 남은 것은 진흙과 연못과 눈이었다. 나아서 집으로 돌아가고 싶었다. 나아서 집으로 돌아간 사람이 있다는 말도 들었다. 그러나 그의 의식은 실로암 실로암 하면서도 실로암 연못과는 다른 어둔 진흙 구덩이에 자꾸 더 빠져들었고 눈의 초점은 갈수록 흐려졌다. 돌아갈 집은 떠오르지 않았다. 흙처럼 흑흑 울고 싶었으나 눈물이 나오지 않았다.
"의사 선생님 말씀이 니가 좀 나았단다. 집에 가자."
요양소 상담실에서 형문은 그의 어머닐 만났다. "어머니." 반갑다는 말을 한 번 하든가 그런 표정을 지어야 했는데 형문은 그저 오랜만에 보는 한 늙은 여자를 바라보는 눈을 했다. 집에 가 증세가 심해지면 다시 이곳에 올 텐데……. 형문은 그런 차후의 것도 생각할 수 없었다. 자기 어머니에게 끌려 집으로 갔다.

그의 집에는 안 보던 세든 사람이 있었고 그는 갓방을 차지했다. 세 든 사람에게 그의 어머니가 하는 말을 들은 적이 있다. 한 가지는 형문의 병세에 대한 것이었고 한 가지는 전세든 사람의 방 문제에 대한 것이었다.

"이젠 거의 나았어요. 워낙 갇혀 있어서 말이 없어지고 시력이 좀 가긴 해도 이젠 제 정신이 많이 돌아와 있다니까요."

나이 값이나 좀 하겠지 하는 기대감도 있었다.

"아들이 정신이 좀 부실해서……. 불안할지 모르는 이 집에 있으라 하기도 그렇고, 전세금을 마련해 주고 나가라 해야 하는데 사정이 딱해서……. 먼저 나가시면 뒤에 곧 해드릴 게요."

전세 들어 살던 사람을 협박, 설득하여 내쫓았다. 형문을 한 방에 가두어두고 내심 협박을 하면서 방을 비우도록 설득을 했다. 거의 나았다는 말과 위험요소가 있다며 세든 사람을 나가게 한 거 앞뒤가 맞지 않았다. 전세금을 한 푼도 주지 않고 내쫓을 수 있었다, 두 번을.

"다 큰 자식 버릴 수도 없고, 넉넉잡고 일주일만, 아니 보름만 기다려줘요."

나가게 한 뒤 돈 받으러 온 사람에게 한 말도 들었다. 형문도 자기 방에 오래 있을 수 없었다. 크고 작은 사고를 쳤다. 모르는 사람에게 끌려 요양소로 돌아갔다. 형문의 어머니인 당동댁은 요양소로 보내는 걸 반대했고 그의 아버지인 가앙이 주선을 했다. 가앙의 눈에는 이미 아들이 아니었다. 한 번 두 번, 형문에게는 집이나 요양소 양쪽 다가 가깝고도 먼 곳이었다. 그저 이곳에서 저곳, 저곳에서 이곳으로 오가는 기분으로 집으로 왔고 그 요양소로 돌아갔다. 세 번째 집으로 올 때나 두 번째 요양소로 돌아갈 때 그의 아버지는 보이지 않았다.

두 번째 세 번째, 전세금은 올리지 않았는데 당동댁의 지혜였다. 가앙은 큰방을 전세 놓는 걸 반대했지만 돈은 잘 챙겼다.

우리는 세 번째였다. 우리를 옴짝달싹 못 하도록 올무를 씌운 것이 결국 악령 곧 사탄이라고 아내는 생각했다. 언제 사고가 날지 모르는 집에서 더 있을 수도 그렇다고 전세금을 포기하고 나갈 수도 없었다. 적금을 해약해도 새 전세금으로는 부족했다. 사글셋방이라도 우선 구해 나가도 되는데 계약금을 한번 떼이고 난 후 아내는 나의 말을 듣지 않았다.

"감시나 잘 해요. 갓방 그치, 낌새나 잘 살피고 있으세요."

뭔가 잔뜩 잘못되어가고 있었다. 우리 형편과는 상관없이 형문은 그 어둠의 깊은 수렁에서 살아 숨을 쉬고 있었다. 이 처지에서 제일 답답한 것은 우리 쪽이었다. 내가 정신이상인 형문의 생활을 자꾸 가까이에서 접할 수 있는 것 자체도 설상가상 기분

좋은 일이 아니었다. 사탄의 손이 바로 가까이에서, 문 밖에 있는 것 같았다. 이러지도 저러지도 못하는 우리 처지를 사탄과의 싸움이라고 규정하는 아내의 말이 마뜩찮으면서도 아내가 생각하는 이상한 영의 세계를 한 발짝 다가간 옆에서 봤다.

아내는 부엌일을 끝내고 들어와 애 기저귀를 갈아 끼웠다. 나는 담배를 피워 물며 책을 끌어당겼다. 잠긴 방문에 자꾸 시선이 갔다. 우리는 언제부턴가 문을 잠그는 생활을 했다. 텔레비전 볼륨을 줄이거나 안 보는 습성을 길렀다. 노래 한 절도 마음 놓고 불러볼 수 없었다. 애 울음소리도 극력 제지하면서 살았다. 당동댁은 아직 돌아오지 않았다.

형문은 이불 속으로 들어갔다. 엎드린 자세로 담뱃갑에 손을 뻗쳤다. 마지막 남은 한 개비의 담배를 갑에서 꺼내 물었다. 허기를 담배로 대신해보겠다는 무의식적인 행동인데 마지막으로 남은 것이기 때문에 온 갑에서 처음 한 개를 빼어내는 것처럼 신중했다. 아끼면서 담배를 가지고 놀았다.

연기를 입 안에 머금었다가 그것으로 조금씩 내어 동그라미를 만들어 본다. 영(零)이나 원(圓)이다. 그것을 다시 갖고 싶어 하는 짓이다. 대신 거기 온갖 것을 집어넣어 본다. 손가락, 주먹, 머리, 몸뚱어리⋯⋯. 손가락이 마치 자기 성기라도 되는 양

1−1=1 99

묘한 웃음을 짓는다. 담배 기운이 장내에 흡수되면서 그는 한동안 이 짓에 몰두한다. 무너져 내려 사라지는 동그라미는 천장에서 맴돌다가 사라졌다. 순간 여자의 깔깔대는 웃음소리가 동그라미 안에서 기어 나와 숨바꼭질한다. 소리는 환청이라는 걸 알면서도 굳이 그것을 누르고 싶지 않다. 그런 것이라도 동물 해야 했고 옆이나 과거의 일들까지 떠올려보는 게 좋았다. 확실하지는 않지만 그 여자의 얼굴이다. 홍등가에서 관계한 그 여자의 웃음소리가 모양을 지었다. 방위 군복무 전이었으니 제법 오래된 일이지만 형문에게는 가까운 일로 떠올랐다.

용돈을 털어 친구 대석이와 같이 갔었다. 3분도 못되어 끝났는데 여자는 일 뒤에 세 번을 낄낄대며 웃었다.
"총각 꼭다리를 따먹었네. 호호… 호호… 호호호……. 이 누나한테 총각 꼭다리를 따먹혔네. 누나아 해봐."
나오면서 문득 대석이 말했다.
"누나지?"
나이 든 여자지? 그런 뜻의 질문이었다.
"누나?"
그런 뜻에 친누나가 붙었다.
"그래 누나."

"그래 나이 들어 보이더라."

친누나를 밀어냈다.

친누나의 반라(半裸)를 본 적이 있었다. 남자의 눈길이 한 번도 닿지 않은 고운 살결, 브래지어 차림의 탈의 현장을 목격한 그는 얼마나 당황했던지.

"이 근처 골목, 누나에게 들키지 않은 거 다행이다. 누나에게 들킬 수도 있지."

대석은 또 누날 들먹였는데 이번엔 형문의 누나 쪽이었다. '나, 네 누나 텍사스 골목에 있는 거 안다.' 대석이 둘러 한 말이었다. 형문은 정확하게 그 말을 알아듣지 못했다. 어느 골목 안 집에 그냥 세들어 사는 누나일러니 생각했다. 밤은 많은 것을 감춘다. 형문은 자기 누나가 당시 그 밤의 골목에 있었다는 것을 뒤에 알았다. 텍사스 골목에 들어가기 전, 부산 시내에서 자췰 하며 외국인 회사에 근무한 누나는 그에겐 자랑스럽고 지순하기만 한 둘도 없는 사람이었다.

군 방위 근무하기 전에 관계한 홍등가의 여자가 옷을 걸치면서 정말 누나로 변했다. 그의 누나가 혀 꼬부라진 소리로 무언가를 주절댔다. 0이 수없이 개미처럼 방 안 공기 속에 기어 다녔다. 날아다녔다. 누나의 입에서 나온 영어가 숱한 0으로 떠올라 바퀴를 달았다. 1973(일구칠삼) 갈보년, 1973 갈보년……. 몇 해 전인고는 얼른 계산이 어렵다. 모든 것은 그 시점에서 뒷걸음질하거나 거북이 걸음이었다.

형문은 이번에는 아무렇게나 연기를 내뿜어본다. 담배 피우는 모습을 누군가에게 보이고 싶을 때도 가끔 있다. 저 옆방에 사는 사람, 누굴까? 이 생각은 오래가지 못한다. 변소에 가면서도 가끔 담배를 물고 갈 때가 더러 있었다. 방으로 들어가면서 폼을 잡을 때가 더러 있었다. 아무렇게나 내뿜는 연기 속에 여자가 달아난다.

"1973 갈보년……."

언제부턴가 그가 내뱉기 시작한 이 말은 소리로 낙서로 어떤 때는 둘 다 섞여 나왔다. 갈보 대신에 누나가 들어갈 경우도 있었다. 이 낙서지가 마당 한구석에 굴러다녔다. 담뱃불로 짓뭉개진 부분도 있었는데 재떨이 대신 사용했기 때문이다. 그 홍등가의 여자는 누나는 아니었으나 순간순간 누나로 변했다. 먼 누나였다. 누나는 멀어지면서 혀 꼬부라진 소리를 보냈다. 천장쯤에서 동그라미를 모아 작당을 했다. 그리 멀리 가지 않았을 것 같은 어머니는 무얼 하며 여태 안 올까. 일어나 불을 껐다 켰다. 젖살을 내놓은 누나가 먼 곳에서 울다가 웃다가 한다.

"ㅎㅎ ㅎㅎㅎ……."

담배를 비벼 끄며 웃었다. 우는 소리 같다. 눈물이 안 나오니 아무래도 웃는 쪽이다. 피곤하고 괴롭다. 하루에도 종종 이런 때가 있는데 이런 때 형문은 어디론가 달아나고 싶다. 먼 미래 같은 곳인데 형문이 가는 쪽은 오히려 과거 쪽이 된다. 미래와 과거는 손을 뻗으면 닿는 곳이다. 그래서 한 발짝도 나서지 못하고 깊은 어둠의 수렁으로 빠져든다. 몸이 무겁다. 이럴 땐 비실댄다. 할금할금 엿본다. 간악한 현재가 그의 뒤통수에서 이마 위에서 발뒤꿈치에서 심심하면 붙잡고 늘어진다. 모양도 없이 손을 뻗쳐오는 그것을 가볍게 떨치고 싶으나 그게 어렵다.

"흐흐 흐흐흐……."

환상에선지 아니면 배가 고파선지 그는 애매한 시선 속에서 웃었다. 웃음 속에서 무언가가 잽싸게 그를 붙잡았다. 무엇인지는 확실하지 않지만 회오리거나 소리다. 떨쳐 뿌리는 시늉을 했다. 그의 웃음은 간헐적인데 리듬도 일정하지 않다. 갑자기 웃어젖히다가 문득 끊는다. 누나가 손바닥으로 가슴을 가린 동작보다 더 잽싸게 그는 이것을 해낼 수 있다. 전혀 무의식적인데 때때로 의식이 번득일 때도 있다. 제 정신이 좀 돌아왔을 때는 곧잘 노래를 부른다. 십팔번이다.

마음 약해서 잡지 못했네 돌아서는 그 사라암

혼자 있으면 쓸쓸하네요오 내 마음 허전하네요
짜아라라 짜짜짜……

 오래 계속되지는 않는다. 어느 한 부분을 반복할 때가 있는데 어느 부분이냐에 따라서 그의 기분이나 상태가 조금씩 다르다.

 낮에 형문이 유리창을 깨는 제법 큰 사고가 일어났다. 한 장이 아닌 여러 장이었다. 요양소를 오가고 세 번째 거기서 나와 지내던 어느 날이었다.
 그의 어머니 당동댁은 바깥으로 나갔고 집 안에 우리가 옆에 있었다. 닫힌 문으로 그의 눈길을 피해 있었지만 그가 우리 방에까지 습격할까봐 마음을 졸이며 경계를 단단히 했다. 습격을 당하진 않았지만 주거 환경을 공포의 도가니로 몰아넣은 사건이었다. 사진을 찍어두지 못했는데 고소, 고발할 좋은 증거(證據)가 될 수 있는 사건이었다. 나의 용의주도하지 못한 성격 탓도 있지만 카메라가 없어 그런 조치를 얼른 하지 못했다. 카메라가 있었더라도 인간으로서 몹쓸 짓이다 싶은 생각이 한편 들었고 그 사건 현장을 찍기도 쉽진 않았을 것이다. 사건 현장을 찍지 못한 대신 한 공식을 만들었다. 마이너스 공식이었는데 바로 그날은 아니다.

1-1=1

처음 1은 한 가정일 수도 있고 한 사람일 수도 있었다. 마이너스 1의 자리에 형문이나 그의 아버지가 들어갈 수 있다. 답 1의 자리에 역시 형문이나 그의 아버지가 들어갈 수 있다. 당동댁이 앉을 수도 있다. 1에 구멍이 났다. 바람이 불었고……. 그래 바람 탓이었다. 그 집 식구들의 잃음과 아픔을 묵상하고 적바림한 것이었다. 마이너스가 된 1은 아픈 식탁이겠다 싶은 생각도 들었다.

담 구멍

형문의 기상 시각은 일정하지 않다. 낮과 밤 아무 때나 자고 아무 때나 일어난다. 자는 시간이 더 많다. 기분이 내키면 노래도 부르고 낙서도 하고 과거의 것에 빠져들기도 하지만 그에게는 이런 하루가 무거우며 걷잡을 수 없었다. 그렇게 하루가 지나고 다음날 오전이었다.

그는 재떨이에서 담배꽁초 하나를 찾아 불을 붙였다. 일찌감치 밥은 먹었다. 밥 먹은 뒤엔 벽에 비스듬히 등을 기대어 앉아 담배를 한 대 피우는 게 습관이었다. 오늘은 입안에 들어오는 연기가 없다. 없는 연기를 일부는 삼키고 일부는 바깥으로 후우 내보내며 옆 벽을 멍하니 바라보았다. 못 자국이 있는 곳엔 거울이 있었던 자리다. 어디서 새어 들어온 것인지 그 자리에 햇살이 나울거린다. 시공간의 전후좌우상하가 도치된 방 안에서 보이는 것과 자신까지 그에겐 벅차고 어렵다. 산모처럼 몸이 무겁다. 게슴츠레 눈을 떴다 감았다 하며 수건만한 햇살의 나울거림을 구경한다. 연기가 나오지 않는 담배꽁초를 버리고 재떨이 주위에 뒹구는 다른 몇 개를 더 집었다가 팽개친다. 오늘은 유별나게 담배에 대한 욕구가 더 치민다. 그도 그럴 것이 오늘은 그의 어머니가 담배 배급을 않고 나갔다. 아까부터 속이 느글거리면서 목구멍으로 치미는 것이 마치 거위배 증세처럼 비위가 거슬렸다. 재떨이 주위에서 휴지통에까지 눈이 미친다. 휴지통에 버려진 하나를 집는다. 성냥불을 그어 불을 붙였으나 불이 붙지 않았다. 젖고 불어터진 것이었다. 던지기에 앞서 눈으로 그것을 한 번 더 살핀다. 웃음이 나온다. 이런 웃음 정도는 자제할 수 있지만 그럴 필요가 없다.

"ㅎㅎ ㅎㅎㅎ…… ㅎㅎ…… ㅎㅎㅎ……."

웃음이 웃음을 달아낸다. 이것이 분노지는 모른다. 꽁초를 휴지통에 버리고 이불 속으로 다시 들어갔다. 어느 구석엔가 들추면 꽁초 하나 정도는 나오게 마련이고 아침 식전까지는 그렇게 피울 수 있었는데 오늘은 그게 안 되었다.

"내 얼른 시장 갔다 올 테니 성냥불 자꾸 그리지 말거래이."

어머니의 말이 담배로 바뀌나보자 하는 희망으로 형문은 한동안 기다렸다. 그러다가 엎드린 자세로 맨 성냥불을 그려보았다. 다시 일어났다. 이번에는 어머니를 찾기 시작했다. 부엌과 옷장 안을 살폈다. 담배와 어머니를 동시에 찾는 것이었다. 이불 사이에 손을 한번 찔러보고 옷장의 아래 서랍을 당겨보았다. 옷장 문을 닫고 잠시 생각했다. 방문을 열고 밖으로 나왔다. 변소 소변기 앞에 서서 소변을 보았다. 그의 어머니가 시장에서 돌아오면 곧장 변소부터 가는 경우를 그는 여러 번 보았다. 한번은 변소 구덩이에 뭐가 있을 것 같아 들여다보고 있다가 그의 어머니에게 호된 꾸지람을 들은 적이 있다.

"볼일 다 봤으면 냉큼 나오너라. 왜 그러고 있노. 즈봉 끄집어 올리라."

그 어머니의 목소리도 없었다. 그는 배설이 끝났는데도 그냥 그렇게 서서 소변기에 아직 남은 거품을 들여다보았다. 그것이 없어지자 느글거리던 속이 다시 되살아남을 느낀다. 지금까지 자기가 담배를 찾고 있었다는 것을 기억해내기까지는 제법 마당에서 주춤거린 후였다. 무의식적으로 마당과 장독대 주위를 두리번거리며 몇 차례 돌았다. 배설로 빠져나간 용적이 그의 몸의 균형을 잃게 해 한 손으로 바깥벽을 짚었다. 그러면서 애써 젠 체해보였다. 숨겨져 있던 어떤 기운이 서서히 고개를 든다. 자기 방으로 들어간 그는 책상을 한 번 두들겼다. 비로소 자신이 화를 내고 있음을 안다. 휴지통을 집어 들었다. 방에서 다시 나와 마루에서 그것을 집어던졌다. 던져진 휴지들이 마당에 너저분하게 흩어졌다. 다시 방에 들어가 창으로 그것을 내다보았다. 그러다가 밀쳐져 있는 안쪽 젖빛 색유리창에 손이 갔다. 곧 위로 치켜 빼어들었다. 이런 짓을 할 수 있는 자신은 결코 머저리는 아니라고 자부한다. 마당에 흩어진, 물 묻어 뒹굴지도 않는 휴지 나부랭이가 그의 기분을 상하게 했고 상반된 행동을 부추겼다. 자신의 행동은 정말 신나는 일이라고 느낀다. 화(禍)와 신나는 기분이 섞인다. 마루로 갖고 나와 그리 넓지 않은 마당 한복판에 집어던졌다.

차차앙그렁…….

통쾌한 파격에서 얻을 수 있는 쾌감이 거의 절정에 이를 정도로 그의 온몸을 짜릿하게 타고 내렸다. 화는 좀 가라앉았으나 신나는 기분은 오래가지 못하였다. 다시 조용해지자 아까보다 더 허전함이 보태어지며 안정을 잃어버렸다. 없어진 한쪽 창문 틀엔 나머지 한 짝이 자리를 지키고 있었다. 그것을 외면하며 박살이 난 유리를 내다보고 있었다.

큰일 났다. 한 짝 더 깨면 어쩌나. 더 발광을 하면 어쩌나. 나는 놀라며 낭패감에 젖었고 아내는 비교적 담담하게 그 사건 현장을 내다보고 있었다. 방문은 잠그었지만 가까운 거리여서 경계를 단단히 해야 했다. 만일의 경우를 생각해서 오래 전에 몽둥이 하날 준비하여 벽 구석에 두었는데 그걸 집어 손 가까이로 옮겼다.

그는 우리의 마음 졸임과는 상관없이 좀 전에 사라진 훼파음(毁破音)을 잡으려고 두리번거리고 있었다. 박살이 난 숱한 선들 사이로 찡긋찡긋 웃음을 남기며 그 소리는 증발되고 없었다. 언젠가 화환을 태운 자리였다. 그의 누나가 그에게 준 졸업 축하화환을 벽에서 떼어내려 마당 한복판에서 화형식을 했었다. 꽃송이가 아닌 파편들은 날카로운 선들이 되어 눈을 번득였다. 아무도 내다보아주지 않는, 던진 자신마저 아랑곳 않는 빛살들의 난무였다.

그가 가까운 한 짝을 더 빼어 마당에 내던진 것은 집 안에 아무도 없다는 것에 대한, 곧 적막을 깨기 위한 충동적인 연쇄 행동이었다. 안 보이는 곳에 우리 눈이 있었지만 그의 눈에는 빈 집이었다. 이번에는 바깥 맑은유리를 열어젖히고 난 후에 그곳에서 바로 집어던졌다.

차차앙그렁……
아까보다 여운이 조금 더 길었다. 그리고 별로 뜸을 들이지 않고 아직 나란히 곁으로 열려 있는 바깥 맑은유리창을 향해 책을 집어던졌다. 돌멩이 대신 손에 쥐어진 것이었다.
차차앙그렁 차차앙그렁…….
삽시에 마당 쪽의 창들이 다 무너졌다.

정말 큰일났구나. 아무리 위험스러워도 내가 내다보지 않을 수 없었다. 부엌문으로 하여 나가서 그와 적당한 거리에 섰다. 적당한 거리라는 것은 몽둥이를 둔 곳과 그와의 거리를 두고 말함이다. 어떤 위험이 닥치면 몽둥이를 얼른 쥐고 방어할 마음가짐과 자세를 갖추었다. 나는 일부러 과장하여 위엄을 떨며 조용히 질책했다.
"왜 이래. 왜 이런 짓을 해놨어?"
언성을 조심스럽게 높이면서도 그쪽에서 불쾌하지 않게 점잖게 말했다. 그는 방에서 바깥으로 나를 내다보았다. 힐끗 한 번 보고 난 뒤 나를 도외시했다. 멋쩍게 웃는 시늉도, 나의 말에 대한 대답도 하지 않았다. 여느 날 같으면 마당에서 마주칠 때 특유의 웃는 표정으로 인살 대신하는데 오늘은 나를 무시하는 태도였다. "상관하지 마시오." 말을 직접 하진 않았지만 오만을 보이는 자세였다. 그러면서도 한두 걸음 뒷걸음을 쳤다. 바깥으로 튀어나오기 위한 뒷걸음은 아니었다. 나는 분명 그를 압도하고 있었다.

"정신 좀 차리게, 이 사람아. 스물여덟 나이, 어린애도 아닌 사람이 이게 무슨 짓인가. 정신 좀 차리고 진정하게."

그의 아버지가 된 마음으로, 그런 위치에서 군림하며 조용히 힐책했다. 힐책한 말이 바람처럼 스쳐 지나갔는데 '스물여덟'이란 단어만 그의 귀에 들어갔다. "스물여덟", 소릴 내진 않았지만 그 말의 입술을 한번 달싹거렸다. 그는 바깥으로 나오지 않고 그냥 방 안에 서있었다. 나를 적대시하며 쩨려보는 것은 아니지만 나는 차츰 두려워졌다. 그의 아버지가 옆집으로 피신한 것이 이해가 갔다. 가까이서 항상 무언의 위협을 받고 있었다. "당신이 우리 아버지 맞어? 누나 하나 제대로 간수하지 못한 당신이 우리 아버지 맞어?" 언제부턴가 형문은 자기 아버지의 비켜 선 옆에서 그런 눈 말을 하고 있었다. "당신이 우리 아버지라도 돼? 우리 아버지도 아니면서 우리 아버지 자리에 서서 우리 아버지 흉낼 내?" 말을 직접 하진 않았지만 조금 전에 그의 아버지 위치에서 내가 힐책한 걸 그런 눈으로 맞서고 있었다. 행동으로 맞서서 보인 것은 아니지만 그를 향해 한마디 더 말하기가 어려웠다.

도로 방으로 들어갈 수도, 그렇다고 밖으로 나갈 수도 없었다. 뒤로 돌아가면 그가 갑자기 따라올지도 모르는 일이었다. 난감해 있는데 골목에서 인기척이 들렸다. 골목으로 지나가던 사람 두엇이 대문간에서 안을 들여다보고 있었다. 이 집안에 벌어진 일들을 지켜보는 눈들이 불어나고 있었다. 담을 경계로 한 블로크 담 저쪽에서도 그의 사촌동생 계집애 하나가 조마조마한 가슴으로 담 구멍을 통해 이쪽을 엿보고 있었다.

이 담 구멍에 대한 것인데……. 어느 날 나는 골목을 지나다가 그 옆집 안을 기웃거려본 적이 있다. 가양이 이 담 근처에서 서성거리고 있었다. 담 구멍을 통해 자기 집을 살펴보면서 등을 보이고 있던 그의 좀 어색한 모습을 보았다. 바깥 길에서 만나면 늘 양복 차림의, 빤질빤질 윤이 나는 구두를 신은 그의 거푸집을 볼 수 있었는데 담 구멍에 가까이 선 그에 대해서 나는 느낌 정도라도 적바림해두어야 했다. 짐승을 바라보며 비켜 선, 어쩜 짐승보다 한 획 모자란 인간. 그보다 더 적절한 느낌의 말을 챙겨야지 하는 아쉬움도 남았다. 그런 인간의 눈으로 그는 담 구멍을 통해 앞으로 사고를 낼 그의 아들을 미리 엿보고 있었던 것이다. 담 구멍은 그 집에서 이 집을, 때로는 이 집에서 그 집을 엿보는 몰카(몰래카메라)였다. 구멍을 통해서 눈은 늘

이쪽이 아닌 저쪽을 향하게 되어 있었다. 그날 가앙을 한번 만날 수 있는 기회가 되었는데 어색한 모습 때문에, 그리고 내 시간이 안 되어 생각을 접었다.

옆집 담 구멍 곁의 가앙을 본 그 며칠 뒤, 형문이 유리창을 깨게 된 며칠 전에 이쪽에서 그 담 구멍을 문득 보고 싶어 가까이 갔다. 내 눈을 그 담 구멍에 가까이 댔다. 좀 떨어진 위치에서 그것을 본 적이 있기 때문에 처음이 아닌 기분이 들었다. 나는 그 담 구멍을 통해서 가앙의 눈과 마주쳤다. 그 눈으로 말미암아 두 사람의 시야가 동시에 막혔다. 그쪽은 어둡고 흔들리는 눈빛이었다. 놀란 것은 시야가 막혀서이기도 했지만 그 눈빛 때문이었다. 그 구멍에 어른거린 눈빛이 내 눈의 것은 아닌데 언젠가 거울 속에 비친 내 것이 아닌가 한순간 착각을 했다. 내 눈은 그 동안 형문의 이상한 눈을 보아왔다. 거울을 보면서 내 눈이 혹시 형문의 것을 닮아가지 않나 두려워한 적이 있었다. 거울을 보기가 두려웠다. 담 구멍에 그 눈이 문득 거기 있어 보여 놀랐다. 가앙의 눈, 나의 눈, 형문의 눈이었다. 눈은 소리도 없이 사라지고 담 구멍이 틔어지며 가앙의 뒷모습이 보였다. 그의 사라진 눈의 자리, 그 담 구멍에 내 눈빛이 한동안 남아있었다. 그를 만날 수 있는 기회가 또 되었는데 이상한 눈빛에 대한 체험 때문에, 그리고 그가 곧 외출을 하는 모양으로 보여 그 기회를 접었다.

 형문은 주변의 변화 낌새도 무시하고 독존(獨存)하고 있었다. 일을 저질렀구나 하는 생각도 전혀 없어 보였다. 한쪽 창문틀에 걸터앉아 창틀에 붙어있는 유리들을 한 개씩 빼어 수평으로 보기 좋게 던져냈다.
 아내를 먼저 바깥으로 내보내고 나도 골목에 선 구경꾼들과 합세했다. 비교적 담담하게 그 사건을 내다보고 있었던 아내는 얼른 바깥으로 나가 구경꾼들 뒤에서 떨었다. 그의 보호자는 아직 나타나지 않고 있었다. 내가 연락을 해야 했는데 어딜 어떻게 해야 할지 알 수 없었다. 바로 옆집이 큰집이니 거기만 가서 알렸다. 어른들은 없었고 그의 사촌동생 계집애가 담 곁에 있다가 아는 체를 했다. 나도 그쪽 담 구멍을 통해 한동안 그를 더 지켜보았다. 깰 것이 있으면 더 깨어버려라. 고집스레 아들을 끌어내온 그의 부모에게 항의하는 마음이 불쑥 일어났다. 그런 눈으로 한 순간 바라보았으나 한 순간이고 낭패가 된 눈으로 구경꾼들의 다른 구경거리가 되었다. 다른 구경거리에 대한 눈길을 느낄 정도였다. 난처했다.

 마당에 던져져 박살이 난 창틀 안의 유리는 모두 틀을 떠나 있었다. 그 위로 다시 던져낸 파편들과 함께 날카롭게 신경을 곤두세우고 있었다. 그래도 햇살은 겨울답지 않게 그 위에 빛을 퍼부었다. 창문턱으로는 검은 추위가 넘어들고 있었지만 그는 아직 그것을 보지 못하고 있었다.

형문은 창문턱에서 뛰어내려 섰다. 창틀엔 쭈빗쭈빗한 유리 조각이 아직 남아 붙어 있었지만 같은 동작이 시들해졌다.

몇 더해진 구경꾼들의 발걸음이 서너 걸음 뒤로 후퇴했다. 사촌동생 계집애는 밖으로 나가 어디론가 사라졌고 나는 난처한 구경꾼이 되어 서있었다.

형문은 용케 신을 챙겨 신고 어수선한 마당으로 다시 내려섰다. 주위의 눈들이 몇 걸음 뒷걸음치며 도망을 갔다. 그는 옆 큰집으로 가볼 모양이었다. 대문을 나와 골목을 한번 꺾어 돌아가야 큰집 대문이다. 모퉁이를 돌아가다가 그의 뇌리에 퍼뜩 떠오른 것은 큰집에 사람들이 여럿 모여 있을지 모른다는 것이었다. 그가 말썽을 부린 날은 으레 큰집에부터 사람들이 모여들었다. 그는 돌아섰다. 마침 발길에 차이는 길 가장자리의 돌멩이 하나를 집어 들었다. 곧장 방으로 돌아갔다. 머뭇거림 없이 담 쪽의 한쪽 창문을 향하여 던졌다.

챙그렁 턱, 구멍이 났다.

미리 계획된 연속 동작같이 그는 행동했다. 아까 책을 가지고 했던 것보다 시원스럽지 못하게 끝났다. 바라보는 시선들도 끊긴 골목이나 집 안에는 오직 그 소리만 약한 여운으로 맴돌았다. 다른 것으로 더 던져내지는 않는다. 대신 뚫린 구멍으로 식식거리며 다른 것을 넣어 본다. 손과 머리와 몸뚱어리와……. 지금까지 그렇게 갈급했던 담배 한 개비에 대한 욕구는 사라져 있었다. 지금까지의 행동은 한마디로 '담배 한 개비'였다.

그의 어머니가 귀가한 것은 바로 그 즈음이었다. 헐레벌떡 달려와 집 안으로 들어섰다. 당동댁은 이런 때일수록 더 힘이 생기고 날래졌다. 동에 번쩍 서에 번쩍하는 것이라든지 높은 언성으로 뚜렷하게 아들을 꾸짖는 것이라든지 평소 때완 대조적이었다.

"이기 무슨 짓이고. 우짤라고 이래났노!"

형문은 시선을 소리 나는 쪽으로 얼른 돌렸다. 일을 저질렀구나 하는 기색은 없다. 그저 한 물건을 바라보듯 어머니를 보았다. 그녀는 이런 아들을 경계하며 사건 전모를 재빨리 살폈다. 벌을 받으러 나오는 사람처럼 그는 천천히 마당으로 나왔다. 고개를 숙이지도 그렇다고 빳빳하게 든 자세도 아니었다.

큰소리를 쳤던 그의 어머니는 뒷걸음을 쳤다. 그는 조금 걸음을 빨리하며 자기 어머니를 따라갔다. 대문을 나서면서부터는 더 걸음이 빨라졌다. 그것은 다섯 살 박이 어린애가 엄마를 따라가 매달리려는 동작이었으나 주위 환경 탓으로 매가 꿩을 나꿔채기 위한 공격처럼 보였다. 넘어지는 어머니를 잡았다 싶은 순간 작대기 같은 것이 그의 어깨 목을 휘감았다. 그는 잠깐 어머니를 붙들었다가 놓치고 만다. 실망과 화가 엇갈린다.

형문은 집으로 돌아가 마당에 드러누운 창틀을 집어 들었다. 그것을 똑바로 세워 땅에 한번 찧으니 아직 창틀에 붙어 있는 유리마저 순하게 아래로 흘러내렸다. 한 짝 더를 같은 동작으로 했다. 창틀을 가지고 조금 전에 자기 어머니를 놓쳤던 곳까지 달려 나와 내팽개쳤다. 목 뒤 부분이 욱신욱신했다. 드러누운 그것을 노려봤다. 그의 어머니는 잽싸게 없어져 있었다. 사람들이 모여 있을 큰집을 뒤로 하고 도로 집으로 돌아갔다.

얼마 후에 육 척 거두인 장정 두 사람을 앞세우고 이마에 핏자국이 배인 그의 어머니가 바람을 일으키며 형문이 있는 쪽을 향해 급히 다가갔다. 장정 둘은 가죽 잠바를 입었다. 한 사람은 서까래 같은 몽둥이 들었고 빈손의 사람은 가죽장갑을 끼고 있었다. 형문이 썰렁한 방에 들어가 어떤 다음 행동을 찾고 있는 참에 그들이 밀어닥쳤다. 형문에게는 알 만한 얼굴이었다. 몽둥이 장정이 호통을 쳤다.

"퍼뜩 이리 나와, 이 새끼야. 내가 들어가면 패 죽여."

몽둥이 장정은 성깔이 있었다. 그런데 이상한 일이었다. 좀 전까지 기세등등했던 형문의 기가 눈 녹듯 스러져갔다. 이어 별것 아닌 걸 가지고 뭘 그러는가 하는 얼굴로 형문은 소처럼 무던해졌다. 그것은 얼굴에 표 나게 나타났다. 예상했던 대로 몽둥이 장정이 몽둥이는 옆에 맡기고 신을 신은 채 방으로 뛰어들었다.

"잘못했십니더."

형문은 가타부타 없이 기계적으로 얼른 말했다. 그것은 지금까지의 어떤 말보다도 공손하고 진지하게 들렸다. 극히 정상적인 사람의 목소리였다.

"끌고 나오이소, 선생님. 질 좀 디려야 정신을 차리지예."

당동댁이 소리쳤다. 장정은 몇 번, 의자에 깊이 앉은 형문을 끌더니 금방 포기하고는 마당으로 나왔다. 벼르던 성깔에 비해서는 너그러웠다.

"경찰이 널 잡으로 왔어, 임마. 넌 한번 혼껍을 당해야 해."

마당에서 몽둥이를 맡아 있던 옆이 공갈을 쳤다. 인척들과 이웃 몇이 우루루 몰려와 합세를 했다. 형문의 아버지의 얼굴은 그 속에 아직 보이지 않았다. 사람들은 약속이라도 한 듯 뜸해진 한 장면을 지켜보다가 옆집 큰집으로 몰려가버렸다. 두 장정과 형문의 어머니도 따라가 버리자 집 안에는 다시 형문이 혼자가 되었다.

잠시 쫓겨나 이웃에 피신해 있던 우리는 이번 일로 전세방 문제가 어떤 형태로든 해결이 될 수 있는 계기가 되기를 바랐다.

"그냥 두진 않을 거에요, 이젠."

이웃 중 누가 말했다. 사진이라도 찍어두세요, 그런 말은 하지 않았다.

"집에, 당동댁과 함께 들어가요."

그런 집으로 들어갈 걱정을 아내가 했다. 못 들어가겠다고 하지 않고 좀 조용해지면 들어가겠다는 아내의 말이 고맙고 대견했다.

시간이 지나면서 조용해졌다. 그런데 아니었다.

"ㅎㅎ ㅎㅎㅎ…… ㅎㅎ…… ㅎㅎㅎ……."

조용해진 집, 혼자 서성거리던 형문의 입에서 웃음이 다시 터져 나왔다. 이웃집에까지 들린 소리는 아니었다. 담배꽁초 하나가 손에 쥐어져 있었다. 웃음이 웃음을 달아낸다. 그러다가 형문은 큰집의 동태를 살피기 위해 부엌 쪽 장독간 옆 블로크 담 쪽으로 갔다. 주먹 하나가 들어갈 만한 담 구멍. 큰집 사촌동생 여자애의 눈이 얼른 달아났다. 약간 거리가 있긴 해도 한 눈이 더 있었다. 형문의 눈이 한동안 그 담 구멍을 독점했다.

그쪽에서 이 담 구멍을 통해서 또는 담을 넘어서 온 소리가 있었다. 사촌동생 여자애와 약간 거리가 있긴 해도 함께했던 눈이었다. 그것은 신음 소리 같기도, 울음소리 같기도 했는데 이웃집에까지 들릴 정도였다.

"아이그 으흐흐 으흐흐…… 으으 아이그 으흐흐……."

얼굴이 없는 소리는 소리 자체가 얼굴이 될 수 있었다. 형문의 아버지의 울음 섞인 신음, 탄성(歎聲)이 얼굴과 함께 떠올라 들렸다. 사고를 일으키기 전에 담배꽁초를 빨아보며 연기가 없어 혼자 웃어젖혔던, 그리고 조금 전에 담배꽁초 하날 구해 쥐고 웃어젖히던 형문의 목소리 모양과 닮았다. 가앙의 소리, 순간순간 아들을 닮아갔다.

"아버지, 왜 거기서 그래?"

형문이 이쪽에서 눈으로 고개로 말했다. 눈을 깜박이면서 고개를 상하좌우로 약간 움직였다.

담 구멍은 오늘 생긴 건 아니다. 그러나 오늘 형문의 파격 행위가 담 구멍을 생기게 한 느낌이 들었다. 부자간의 눈이나 소리가 담 구멍을 조금씩 커지게 한 느낌이 들었고 나는 그 담 구멍의 크기나 살피는 구경꾼이 되었다. 그 담 구멍을 보면서 어이없게 爻 글자가 떠올랐다. 떠오른 그 글자로 구멍을 막았으나 막히지 않았다. 八이 빠진 乂로 구멍을 다시 막았으나 더 커지고 있는 느낌이었다.

그 어머니의 신령

 큰집에 모인 사람들은 조금 전에 목격한 상황들을 화제에 올렸다. 제일 가까이서 목격을 했던 나도 그 집 대문 안으로 들어가 몇 마디 거들 기회를 찾았다. 아까 얼굴이 보이지 않던, 울음 섞인 소릴 담 너머로 보냈던 가앙이 거기 보였다. 나를 의식하여서인지 몰라도 당동댁은 아들에 대한 대책을 내세웠다.
 "동래에 정신과 병원이 있는데 지금이라도 거기 넣어볼까……."
 집안사람들이 다 듣도록 말했다. 많은 사람들이 거기 수긍을 했으나 누구 하나 나서서 직접 장단을 쳐 주는 사람이 없었다. 다 낫지도 않은 아들을 세 번 끌어내 올 때에도 이렇다 할 반대나 찬성의 뜻을 표시하지 않던 사람들이었다. 당동댁이 전세금을 내어주지 않고 두 차례나 세든 사람을 내쫓을 때에도 남의 일로만 본 사람들이었다.

"워낙 경비가 많이 들어서……."

당동댁만이 제 말에 대한 소견으로 혼자 되뇌었다. 남편 가앙도 남들 속에 끼어 자기 아내의 말을 그냥 듣고만 있었다.

"병원도 좋지만, 절에서 넉넉잡고 한 3년 정도 조용히 불공도 들이며 요양을 하면 효험이 있으리라 권했잖아요. 한 3년 거기 살면서 공을 들이면 틀림없이 좋아질 것이라고 했잖아요. 한 3년은 있어야 죽이 되든 밥이 되든 하지 않겠어요."

용기를 내어 내가 조심스럽게 말했다. 말할 내용을 미리 머릿속에 써서 외었다가 말했다. 누가 들어도 타당한 말을 해야 했다. 보이지 않는 아내의 추궁도 한마디 말을 하지 않으면 안 되게 밀었다. "구경만 했어요? 한마디 말을 해야 하잖아요. 사람들 모였을 때 한마디 말을 해야 하잖아요." 틀림없이 이런 추궁의 말을 할 것이 뻔했다. 의무감도 많이 작용했다. 아무도 나의 말에 수긍을 하거나 반대하지 않았다. "무슨 확답을 받아와야 하잖아요." 두 번째 아내의 추궁이 날아왔다. "다 나의 말에 수긍을 했어. 병원 말이 나왔고 차선책으로 요양할 절을 권했는데 수긍을 하고 있었어." 확답을 받을 두 번째 말은 하지 못하였고 아내의 말에는 대강 답을 할 작정이었다. 나의 말에 사람들은 모두 남이 되어 귀를 막고 눈만 떴다. 특별히 가양은 더 남이 되었다.

모인 사람들은 주변에서 맴돌다가 하나씩 빠져나갔다. 남은 것은 붕대를 이마에 감은 당동댁과 그리고 시종일관 남들처럼 무관심한 가양, 그리고 큰집 식구들뿐이었다. 나는 아내가 있는 이웃으로 가서 좀 더 지체했다.

형문은 담 구멍으로 큰집의 동태를 살피다가 사람들이 돌아가기 전에 자기 방으로 들어갔다. 얼굴 없이 담을 넘어서 들려온 아버지의 소리를 오랜만에 들었다.

아버지.

숙식까지 큰집으로 옮겨 한다는 사실은 모르고 지낸다. 안적이 있으나 잊었다고 하는 게 더 맞다. 상관없는, 관심 밖의 일이었다. 큰집으로 옮긴 후 한날 이 집 대문 앞에서 형문은 얼핏 자기 아버지를 목격했었다. 오늘처럼 오래 바라보지는 못하였다. 늘 입고 다니는 양복차림이었다.

"밥 묵었나?"

알은 체를 해주었지만 형문은 한 신사의 거푸집만 그냥 바라보았다. 옛날, 사람 짓을 하지 못하고 돌아다닐 때, 말도 하고 싶지 않던 때와 또 달랐다. 지나가는 한 신사의 옷매무새가 잠시 흔들렸다.

"집에 들어가아라."

잠잠히 말했는데 그 말소리가 좀 흔들렸다. 가앙은 찌들어 비틀어진 처자식의 생활과는 다르게 살았다. 어떻게든 아들을 낫게 해보려고 치성을 드리는 자기 아내를 못마땅하게 여겼다. 셋방살이하는 사람의 입장을 생각해 줄 위인도 물론 아니었다. 우선 내가 살아야 된다는 게 그의 신념이고 생활신조 전부였다. 일정한 직업도 없어 오히려 아내에게 돈을 타 썼다. 해외에 거주하는 딸에게서 돈이 부쳐오면 제일 먼저 챙겼다. 해외는 미국이 아닌 일본이었다. 미군 사위가 일본으로 파견지가 옮겨지고 그 부부가 같이 있을 때 두 번 보내왔는데 사위만 미국으로 가고 떨어진 딸이 혼자 살게 된 근년에는 한참 끊겼다. 한참 끊긴 후에 꼭 한 번 더 부쳐온 것이 있긴 있었다. 동생을 위해서 쓰라면서 전의 것의 반절이었다. 향리의 자료수집 보조기자 생활 끝에 경찰 끄나풀 노릇을 할 때까진 가앙은 돈 궁색한 것을 모르고 살았다. 그때는 마음만 먹으면 돈 나올 구멍은 늘 있었다. 돈이 될 만하면 한동네 사람 먼 동네 사람, 이런 일 저런 일, 수단 방법을 가리지 않았다. 오래가지는 못하였다. 옛날 가락이 있어서 실업자인 주제에 매일 다방 출입을 했다. 자길 찾을 사람을 위해서 늘 앉는 자리, 앉을 자리를 흘렸으나 찾는 사람은 없었다. 차 한 잔 사주는 사람도 잘 없었다. 그런 작자였지만 당동댁은 아들의 눈을 피해 큰집으로 밥을 나르곤 했다.

"밥?"

대문 앞에서 아들 형문에게 그 밥을 들킨 적이 있었다. 감출 수도 없는 것, 당동댁이 난처해 있을 때 형문은 함지박의 밥을 쳐다보았다. 먼눈이었다.

"아버지?"

그가 다시 말했다. 당동댁이 여전히 난처해하며 답을 하지 않자 다시 말했다.

"아버지 밥?"

'밥값도 못하는 사람에게 밥?' 하는 말로 들렸다. 이렇게 여러 마디를 이어 말한 경우가 잘 없었다. 먼눈이어도 정곡을 찌르는 말로 들렸다.

"한집에서 싸우면 안 좋잖아, 둘이서."

당동댁도 머리를 짜서 변호하는 답을 했다. 형문이 거기에 대해서 한마디 더할 만한데 입을 다물었다. 대석의 집에 갔다가 헛걸음을 하고 돌아온 밤, 아버지에게 욕설을 내뱉은 적이 있었다. "새애끼." 배신감이 들어있는 욕설이었긴 해도 거기 못지않게 사람에 대한 그리움이 잠재했었다. 그날은 그런 뿔난 그리움도 없었다. 그의 의식 속에서 아버지가 사라진 것이었다. 사라진 아버지를 들먹이며 거기 밥을 붙였다. 그의 어머니는 사라진 것은 아닌데 가까이 있으면서도 가까이 있어 보이지 않았다. 먼 사람끼리 밥을 먹고 밥을 나르고 하는 모양이었다.

"어머니."

함지박을 이고 옆집 대문 안으로 사라진 뒤에 불러보았다. 밥과 함께 보이지 않았다. 밥과 함께 곧 나타날 것이었다. 가깝지만 먼 곳, 먼 사람들이었다.

우리 내외가 이웃으로부터 때를 맞춰 집으로 돌아갔을 때 당동댁은 이미 돌아와 있었다. 붕대를 이마에 감은 그녀는 식구들의 저녁을 준비했다. 마당만 말끔히 치워지고 유리창은 깨어진 그대로였다. 그 방에는 불도 켜지지 않았다. 우리도 당동댁을 보기가 멋쩍었고 당동댁도 할 말을 잃었다.

한참 뒤에 그 방에 불이 켜졌다. 불이 켜졌지만 바깥의 어둠이, 싸늘한 추위가 형문의 방에 스멀스멀 기어 들어가고 있었다. 커튼이 드리워져 창 쪽을 막았으나 소용이 없었다. 밤이 깊어지면 기온이 올라갈 수 있다고 그는 생각하고 있는지 이불을 뒤집어쓰고 깊은 밤을 기다렸다. 저녁상을 치운 당동댁은 미닫이로 나뉜 그 뒷방의 치성상 앞에 앉아 손 비비길 시작했다.

    영검이 많으신 우리 신령님 활천 땅 삼정 마을 하회동참하오이소
    비옵니다 비옵니다 불쌍한 제 소생 우리 형문이 살려주소
    죽기야 할까마는 지 정신이 아닙니더
    악한 것을 쫓아내고 지 정신 찾게 해주이소
    사해팔방 용왕님요 대성북두 칠성님요 진노하신 성황랑 이제 그만 푸시이고
    불쌍한 우리 형문이 제발 지 정신 들게 해주이소
    죄가 있거든 이 년한테 내루시고
    불쌍한 우리 형문이 제발 지 정신 좀 들게 해주이소……

  당동댁은 새벽이나 저녁에 치성을 드린다. 치성상 앞에서 촛불을 켠 뒤 눈을 감고 손을 비비며 주문 같은 걸 외면서 간절히 축수한다. 어떤 날은 촛불 없이 전깃불 아래서나 어둔 데서도 했으나 촛불을 켜고 하는 게 정식이었다. 세든 우리가 볼 적에는 그 비손 행위가 부질없는 짓임을 알았지만 그녀는 그렇지 않았다. 아내가 언젠가 말한 사탄이란 게 그 축수하는 주문 속에

들어있거나 아니면 쫓아내는 힘이 들어있거나 둘 중 하나일 것 같은 생각이 문득 들었다. 몇 년 동안을 그녀는 그렇게 치성을 드렸다. 오늘은 촛불을 켜지 않았다.

갓방, 더 정확히 말하면 나란한 두 개의 갓방 중 앞방이었다. 앞방에서 기거하는 형문은 그 뒷방에서 치성을 드리는 어머니의 행위나 소리보다도 더 궁금한 것이 있었다. 누굴 보고 그렇게 애원하듯 빌고 있는가 하는 것이었다. 치성상 위에는 촛대, 쌀, 명태, 물 사발이 놓여 있다. 그 중에 어머니의 신령은 어느 것일까 하고 그는 생각했다. 유리창 사건이 나기 며칠 전이었다.
불을 켜지 않고 그의 어머니가 치성상 앞에 앉은 한 날이었다.
촛불, 그렇다.
생각난 것, 그는 불을 켰다. 촛불이 자기 어머니 앞에 켜져 살아났다. 저 촛불, 불 속에 신령의 눈이나 손발이 있어 보였다. 그는 어머니의 신령을 그 촛불로 정해두어야 한다고 생각했다. 신령은 눈도 있고 손발도 있어서 치성상 위 불 속에서 나와 방 안 구석구석 여기저기 쏘다녔다. 어머니의 신령을 찾기 위해 온 방을 기어 다녔다. 불에서 나와 상 아래로 내려와 어머니의 치마 밑으로 기어든 것 같았다. 어머니의 치마를 들어보았다. 없었다. 머리를 쥐어 박혔다. 어느새 불 속으로 다시 기어들어가 버린 모양이었다. 어머니가 나가고 난 후 그는 꺼진 불을 요리조리 살펴보았다. 불을 껐다. 그때 밖에서 고양이 울음소리가 들려왔다.

야아옹 야아옹…….

아 저게 어머니의 신령이다. 어머니의 신령이 어느새 고양이에게 들어갔다. 상을 넘보는 너를 위(位)에 앉히마. 네 자리 맞아. 그는 반 장난기가 섞여 발딱 일어나 창문을 열어젖혔다. 고양이는 박태기나무 밑에서 몸을 도사리며 그를 응시했다. 그래, 너의 눈이 심상치 않구나. 거긴 네 자리가 아니고, 네 자릴 찾아 앉아라. 고양이는 제 자리를 찾아 앉지 않았다. 그는 고양이와 맞서 눈깔을 쏘아보다가 상에 놓인 명태를 던져주었다. 고양이는 앞발로 몇 번 건드려보더니 입에 물고 고맙다는 인사 짓도 없이 돌아섰다. 어머니의 신령이 돌아가고 있었다.

"ㅎㅎ ㅎㅎㅎ ㅇㅎㅎ……."

공허하고 맥없는 웃음을 터뜨렸다. 웃음을 한참 거두지 않았다. 조금 전까지 몸을 도사렸던 고양이의 심상치 않았던 그 눈과 명태를 생각하다가 웃음을 터뜨렸다. 고마워, 명태 물고 간 거. 고마워, 어머니의 신령.

촛불 속에서 어머니의 신령인 고양이까지 본 것은 아니지만 그는 신령을 그 불로 정해두어야 한다고 생각했다. 불을 껐는데, 신령이 고양이의 눈과 발로 치성상 위 불 속에서 나와 방안 구석구석 여기저기 쏘다녔다.

"흐흐 흐흐흐 으흐흐……."

대개 형문은 밑도 끝도 없는 공상을 하다가 웃음을 터뜨리는 경우가 많았다. 외적인 환경 변화에서 오는 경우도 있었다. 못에 걸어둔 옷가지가 팔락거리며 흔들리거나 창문에 무엇이 어른거려 문을 열어볼 경우 등이었다. 인과의 관계를 바로 유추할 수 없기 때문에 우스웠다. 촛불을 켰다가 끈 것, 촛불 속에서 신령이 기어서 나온 것, 바깥으로 던져준 명태를 고양이가 태연하게 물고 사라진 것…….. 어머니의 신령을 눈으로 좇아간 것은 그런 대로 웃음을 터뜨릴 분명한 사건이었다. 공허한 웃음을 웃다가 진정되면 노랫가락을 뽑는다. 레퍼토리는 예나 지금이나 별로 변함이 없다.

마음 약해서 잡지 못했네에 돌아서는 그 사라암
혼자 있으면 쓸슬하네요오 내 마음 허전하네요
짜아라라 짜짜짜……

공허한 웃음 끝의 노랫가락을 일상의 말로 바꾸거나 요약할 수 있다.

"어머니, 거기 촛불을 켜고 새 명태를 놓고 고양이 소릴 한 번 내봐요."

그날 밤은 불이 켜지지 않았고 고양이도 오지 않았다. 미닫이를 벽으로 한 뒷방, 조용히 들어가 앉은 당동댁은 다른 날에 비해 오랫동안 치성상 앞에 매달렸다. 명태도 없고 불도 켜지지 않은 그 밤이 길었다.

앞방은 좀 오래 불이 켜져 있었다. 전깃불보다는 사실 방바닥 난방을 위한 불이 더 필요한 것이었다. 난방을 위한 불은 넣지 않았다. 형문은 밤새 이불 속에서 떨며 안간힘을 썼다. 여러 번 엎치락뒤치락하였다. 창문 자리에는 커튼이 살아 움직였다. 이불속까지 기어드는 추위를 피해 그의 어머니가 기거하는 뒷방으로 옮길 수도 있었으나 거기도 냉돌이었다. 세 들어 사는 마루 건넌방을 그는 잠시 그려보았다. 거긴 불이 켜진, 불이 들어간 포근한 방이긴 한데 거리가 멀다. 밤이 지난 새날은 불이 하나라도 더 켜지거나 들어간 때 곳으로 기다려졌다. 그 시점 지점의 거리가 멀었다. 배가 고팠으나 몸은 무거웠다.

"끄응……"

형문은 배고프고 춥고 무거운 신음소리 냈다.

父一八＝乂

"어머니."

형문은 불러보고 싶었다. 그러나 그 말이 잘 되지 않았고 또 가까이 있는 어머니가 딴 사람처럼 보인 적이 많았다. 어머니는 자기 신령과 더 가까이 사는 모양으로도 보였다.

"아버지."

형문은 불러보고 싶었다. 그러나 그 말이 잘 되지 않았고 옆집에 살아 옆집 아저씨처럼 보인 적이 있었다. "새애끼" 그런 말이라도 한마디 뱉어 친구처럼 가까워지고 싶었으나 그것도 쉬운 일이 아니었다.

"누나."

형문은 불러보고 싶었다. 누나는 어디로 갔는지 사실 모른다. 미군을 따라 미국에 갔다고 하나 미국이 얼마나 먼 나라인지 알 수가 없었고 그냥 먼 동네로 여겨졌다. 누나가 가까이 있다고 하여도 불러보고 싶은 마음과는 달리 얼른 그 말이 나올 것 같지 않았다. 멀리 떠난 사람이었다. 강영순, 이름도 있었다.

"형문아."

어머니가 더러 형문을 부를 때가 있었다. "예." 대답을 했다. 그런데 요즘 들어서는 그 이름을 잘 부르지 않았다. 영 안 부르는 것은 아니었다. 가물에 콩 나듯 부를 때가 있었는데 대답을 하지 않은 것은 남의 이름처럼 느껴졌기 때문이다. 아버지가 가끔 아들인 형문을 부를 때가 있었다. "예." 대답을 했다. 노름을 시작하고부터는 잘 부르지 않았다. "새애끼" 사건 뒤엔 거의 부르지 않았다. 아들의 이름을 잊어버린 듯했다. 누나가 형문을 예전엔 자주 불렀다. "응, 누나." 대답을 했다. 텍사스 골목에 들어간 뒤부터 잘 부르지 않았다. 영 부르지 않은 것은 아니다. 대석과 함께 다녀온 뒤에도 더러 불렀는데 대답을 하지 않은 적이 있다. 대석이가 친구인 형문을 자주 불렀다. "응, 대석아." 대답을 했다. 군에 가기 전에 한 번 내방을 했는데 형문의 이름을

父—八=乂 135

잘 부르지 않았다. 그 자식은 군에 간다고 갔는데 죽었는지 살았는지 모른다. 지금은 영영 대석으로부터 그 이름을 들을 수 없다. 사람들을 가까이 대한 게 그리 먼 옛날로 느껴지지 않을 때도 있었으나 누나의 경우는 늘 먼 옛날이었다.

"예."

누군가 부르지도 않았는데 혼자 대답을 한 적이 있다. 소리가 되지 않은 경우도 있었고 소리를 낸 때도 있었다. 소리를 내어 먼저 대답부터 한 아들을 바라만 보면서 어머니나 아버지는 아들의 이름을 더 부르지 않았다. 순서가 그리 중요한 것이 아니어 보였는데 대답부터 해도 이름을 부르지 않았다. 2%쯤, 심할 경우는 20%쯤, 자기 어머니나 자기 아버지가 아닌 위치에 서서 바라만 보았다. 기연가미연가 여긴 적이 실제로 있었다. 그의 아버지는 큰 사고 나기 전부터 보기 싫은 아들을 피하여 옆집으로 갔다. 표는 안 내었지만 겁도 났다. 겁 면에선 어머닌 그래도 좀 나았는데 밥 함지박을 이고 옆집으로 오갈 때에는 남처럼 보인 적이 더러 있었다. 정신이 어느 정도 있었을 때에는 아버지나 어머니가 형문을 잘 부르지 않은 것을 좀 서운하게 여긴 적도 있었다.

"예."

옆집 세든 사람인 나에게도 문득 그렇게 소릴 내어 적당한 거리가 아닌 곳에서 대답을 한 적이 있다. 거리는 시간과 공간을 다 포함한 말이다. "여기 나와 있네." "몇 살이고?" "정신이 좀 드나? 아프나? 시력이 좀 나빠 보이네." 인사조로, 얼른 대답을 하지 않아서 내가 친근하게 몇 마디 말을 한 적이 있었다. 그는 이상한 눈빛으로 웃었고 쫓기듯이 자기 방 쪽으로 들어가다가 방문을 열고 안에 들어가기 전에 한마디 답을 했다. 먼 답일 수도, 그냥 혼자 중얼거린 말일 수도 있었다. 말한 상대가 그의 시야에 늦게 들어가고 그 말도 늦게 귀에 들린 모양 같기도 했다. 보이지 않는 무엇과 말을 주고받는 모양 같기도 했다. 그 후 한 번 더 세든 사람인 나에게 그 말을 한 적이 있었다. 방문을 열고 나가는 내가 그의 시야에 들었을 때 그가 말했으니 대답은 아니고 그냥 말이었다. "그래 그래." 나는 고개를 끄덕여 주었다. "형문아, 하고 한번만 불러봐요. 우리 어머니가 되든가 우리 아버지가 되든가 우리 누나가 되든가 대석이 되든가······. 그러면 내가 대답할 게요. '예' 라고 대답할 게요." 그런 긴 말을 줄여서 말한 것으로 내가 해석을 해본 적이 있었다. 정신이 어느 정도 있었고 또 부실했기 때문에 그런 압축이 될 수 있다고 해석을 했다.

세든 사람이 비교적 가까이 있었는데 형문에게는 그들이 그리 가깝지 않았다. 세든 사람이 두 번 바뀌었는데 그 방을 가끔 그려보았다. 거리상 가깝긴 해도 몇 겹 문으로 닫혀 있어 보였다. 한 번은 열어봐야지. 세 번이었다. 첫 번째 사람들, 바뀐 두 번째 사람들, 다시 바뀐 세 번째 사람들, 사람이 달라진 세 집이어서 크게 세 번이지 사실은 세 번보다 많다. 문을 두드리거나 걷어 찬 횟수까지 합하면 세 집의 식구 수보다 더 많다.

두 번째 사람들이 살 때, 문을 두드려 열고 그가 이쪽 방에 들어온 적이 있었다 한다. 부산으로 이사 간 신혼부부가 살고 있었던 때였다. 여자 혼자 있을 때였는데 여자는 기겁을 하였다. 어떤 성적 충동보다 멀어 보이는 이쪽 세계에 대한 호기심이었다. 문을 노크할 때도 있었다. 문을 열어주지 않아 방문을 걷어찼다. 그 여자를 냅다 찼다.

세 번째 사람들, 우리 경우에도 꼭 한 번 그가 내방한 적이 있었다. 다행히 아내가 없을 때였고 큰방이 아닌, 서재와 주방을 겸한 부엌방이었다. 문을 잠그고 다니는데 그날은 나 혼자 있으면서 잠그지 않고 그냥 잠깐 바깥에 나갔다 온 시간이었다. 그는 담배를 한 대 피우고 막 일어나려는 참이었다. 모로 눕기까지 하고서는 침입자인 나를 보고 태연히 일어나 거울까지 한 번 보는 여유를 보였다.

"형문이 왔네."

네 방이 아닌데 왜 들어왔니? 말을 바꾸어 다정하게 말했다.

그는 아무런 대꾸도 하지 않고 거울 보는 일에 열중했다. 거울 속에 비친 얼굴은 분명 미친 사람이었다. 거울 속 미친 사람이 거울 바깥의 미친 형문을 바라보았다. 눈의 초점이 앞이 아니고 조금 옆이나 위였고 덥수룩한 수염과 짧게 깎은 머리 등이 거울 안과 바깥에서 서로 보고 있었다. 통 자기 같잖은 얼굴을 바라보며 형문은 머리를 긁적거렸다. 이제 됐으니 네 방에 가. 말을 건네면 무슨 반응이 나올지 몰라 이 말을 선뜻 하지 못하고 그냥 그의 행동을 좀 더 지켜보았다.
 형문은 거울을 계속 들여다보고 있었다. 그의 옆에 선 나도 어깨 너머로 그 거울 속을 잠시 들여다보았는데 일순 당황하였다. 당황한 것은 거울 속의 그 눈길이 어깨 너머로 바라보는 나를 조롱하는 것 같아서였다. 어둡고 흔들리는 눈빛, 거울 속에 비친 형문의 것이 내 것이나 별 다를 것이 없다는 조롱의 눈을 한 순간 봤다. 말 한마디도 제대로 하지 못하는 얼간이, 제 방도 잘 지키지 못하는 녀석. 그런 형문의 눈과 내 눈이 겹쳤다. 담구멍에서 가양의 눈과 마주쳤던, 형문의 눈이 어른거려 겹쳤던 경험과 비슷하면서도 다른 경험이었다.
 형문이 방을 나가고 난 뒤 나는 거울을 보기가 두려웠다. 그 두려운 의식을 과감하게 지우기 위해서 조금 전까지 거울 속에 있었던 사람을 장난기를 많이 보태어 불러 보았다. 입안의 말,

소리는 내지 않았다.

"형문아."

형문이 아닌 내가, 형문을 닮은 나 같잖은 그가 거울 속에 있었다. 내가 그를 다정하게 불렀다. 그가 나를 흘낏 보고 고개를 끄덕였다. 내가 나에게 고개를 끄덕인 것인데 2%쯤 나 같잖고 그와 닮았다. 눈을 감았다 떴다. 문을 얼른 잠그지 못하고 거울에 비친 것을 지우기라도 할 양으로 거울을 더 봤다. 그를 닮은 내 얼굴이 지워지지 않고 거기 있었다.

"형문아."

이번엔 거울 속의 사람이 눈 말로 거울 바깥의 사람을 불렀다. 형문을 닮은 걸 일부 인정하면서 밀어내기 위한 작전이었다. 거울 바깥의 사람이 예, 대답을 하면 형문이 되는 것이고 대답을 하지 않으면 형문이 아닌 나로 서는 것이다. 물론 대답을 하지 않았다. 형문은 분명 방 밖으로 나갔고 거울 바깥에는 내가 서 있다. 조금 전처럼 거울 바깥에 서 있는 일이나 속에 들어가 거울 바깥 어깨 너머로 나를 보는 일은 다시 일어나지 않았다. 그 이름에 대답을 하는 일은 생길 수 없지만 나는 그런 일이 있을까봐 내 눈과 입을 조심했다. '넌 바로 나야. 넌 나의 친구야.' 조롱하는 친구의 눈으로 거울 바깥의, 거울 속의 나를 바라볼 수 있다. 나는 고개를 저었다. 내가 너무 세심한 데 빠져서는 안 되지. 현실에 서자. 난 너의 옆방 아저씨야. 그리 불러도 돼. "옆방 아저씨."라고.

"그래."

조심했던 입을 열어 한마디 대답을 했다. "옆방 아저씨."라고 부른 경울 일부러 세워 대답한 말이었다. '내가 너무 세심한 데 빠졌구나, 잠시. 나는 형문이 아니고 네 친구도 아니다.' 하는 다짐이기도 했다. 세심한 데 마음이 간 것을 흔들어 깨우기 위한 말이었다. 소리 없이 불렀던 것 취소하면서 소릴 내어 한 번 더 말했다.

"그래 그래."

짧은 시간이긴 해도 거울 속에서 그를 만난 일은 유쾌한 일이 아니었다. 그러나 한 순간 형문의 가까운 곳에 다가간 경험이었다. 그의 행동이나 웃음소리 한 토막만 보고 들어도 그가 처한 국면을 비교적 자세하게 상상할 수 있는 것도 거울의 경험과 비슷했다.

형문이 방을 나가고 난 뒤 거울 다음에 신경을 써서 본 것이 있다. 내가 아끼는 타이프였다. 혹시 손을 댔나, 또 반대로 은근히 자랑을 하고 싶은 맘도 있었다. 손을 댄 것 같진 않았다. 받침(종성) 자판이 왼쪽에 따로 있는, 내가 가진 공병우타이프. 받침이 들어가도 초성과 중성이 움직이지 않고 작아지거나 자리를 비켜주는 일도 없다. '아, 안 보던 타이프네.' 자리를 잡고 앉았던 흔적을 살폈으나 그런 것 같진 않았다.

이 사건은 아내에게 끝까지 숨겼다. 그가 내방했다는 사실도 물론이려니와 그가 거울 속에서 사람을 보는 시선이나 거울 속에 한동안 남은 내 눈빛에 대한 것이었다.

그날 이후 나는 한동안 그 시선이나 눈빛 때문에 괴로워했다. 그 시선이나 눈빛이 항상 가까이 있었다. 나의 눈이 그의 것을 닮아가는 것 같아 거울을 일부러 몇 번이나 봤던지, 피했던지……. 한동안 나는 2층 교무실로 올라가는 계단 벽의 거울 보는 일을 일부러 피하며 오르내렸다. 나의 이 증세는 크게 걱정할 정도는 아니었다. 왜냐하면 아내나 다른 사람들로부터 나의 언행이나 눈빛이 이상해졌다고 하는 말을 듣지 않았기 때문이었다. 방만 옮기면 나의 이 일종의 소심증은 사라질 것이다. 형문의 아버지 가양의 얼굴이나 눈빛은 형문과 닮았다는 말은 들었다. 형문이 내방한 며칠 뒤 아내가 말했다.

"우리에게는 이상하죠. 우리에게는 슬슬 피하기만 하고 방에 들어오거나 가해를 해오지 않는 것 이상하죠. 당신도 그렇게 생각하지 않으세요?"

하나님이 도우시는 거란 말 하는 거지. 나는 속으로 빈정거리면서 고개를 끄덕였다. 사실은 몰래 우리 방에 들어와 누워서 침입자인 나를 쳐다봤어. 거울을 봤는데 친구의 눈으로 나를 봤어, 그 속에서. 목구멍까지 치민 그 말을 겨우 참았다. 아내의 자위 수단을 깨뜨릴 수 없었다.

"이번 사고로 우리 집 문제는 해결이 될 것으로 좀 보이죠? 당동댁이 시장에 가기 전에 무슨 말이든 우리에게 한마디 하고 갈 것 같죠? 어떤 조처가 있을 것 같죠, 이번엔?"

"예."

마음고생이 심한 아내의 말에 무능한 남편이 정중하게 대답했다. '응 그래.' 대신에 '예' 경어로 깍듯이 대답했는데 대답을 하고 보니 좀 먼 답(答)처럼 느껴졌다. 내가 볼 땐 당면한 집 문제가 쉽게 해결될 것 같진 않았다. 사고가 더 여물어지거나 깊어지는 느낌이었다. 더 달라진 것도 없어 보였다. 아들 피해 옆집으로 간 그의 아버지는 그 집에서 잘 살고 있어보였고 그의 어머니는 남편의 밥을 여전히 날랐다. 밥의 자리에 父가 없혔다. 父자에서 八을 내가 떼어냈다. 아비 父에서 위 八이 떨어져 나가고 남은 乂도 한 글자였는데 밥의 맛이 흩어졌다. 그날 내 타이프로 乂의 독음인 '예'를 쳤다. 눈을 감고 자판을 익혀 쳤는데 맞게 쳐졌다.

이런 나의 묵상, 행동을 아내가 알면 "인간도 아니다, 미쳤다." 할 것이다. 아내에게 "예."로 대답을 한 것이 먼저다. 한자를 옥편에서 찾아본 것은 그 다음이다. 그 글자를 타이프에 친 것은 집 문제의 해결이 속히 잘 되기를 바라는 마음이었다. 며칠 전에 형문이 내 타이프를 만졌는가, 고장이라도 냈는가 살펴보는 조심성일 수도 있었다. 아내에게 이런 자세한 해명을 하지 않았으니 옥편을 찾아본 일이나 타이프로 '예' 먼 답을 가까운 타이프에 친 일이 속임수일 수 있다. 아내의 말에 대한 답보다 사실은 가위표 글자 乂 대신 쳐본 것이었다.

"한자에도 가위표가 있어요, 그 위에 八이 얹어지면 아비 父가 되지만 父에서 여덟 八이 날아가면 가위표인 벨 乂가 되죠."

무슨 말 끝에 어느 한문 선생이 한 말이다.

아버지 사촌

　당동댁은 시장에 가면서 우리에게 아무 말도 하지 않고 그냥 나갔다. 이런 판국에 말하고 싶지 않은 심정이리라. 우리가 이해해야 했으나 그저 이해로 끝날 문제가 아니었다. 무슨 주선을 위해 나가보는지도 알 수 없는 일이긴 했으나 그것도 기대치가 낮았다. 이 집 처지로서는 형문을 좋은 병원이나 절에 넣는 것은 사실 어려웠다. 있던 곳에 도로 보내는 게 최선의 방책이었다. 격리 수용이 되고 제일 경제적 부담이 적은 곳이었다.
　아내는 밥 먹기가 바쁘게 이웃으로 가버리고 나는 아내가 남겨 둔 설거지를 하였다. 집 안에는 형문과 나만 또 남는 격이 되었다. 설거지하는 일이 너무 단조로워 금방 하기 싫어졌다. 며칠 내로 어떻게든 일이 결판나지 않으면 이젠 우리가 아무데로나 나가야 한다. 이젠 더 버티어서는 안 된다. 사글세면 어떠냐. 사글세 집이라도 평안한 집에서 아내를 옆에 두고 설거지하는 모양을 상상했다. 미래의 행복한 모양이었다. 오늘은 그렇지 못했다. 오늘의 처지는 무슨 일을 하든 평안하지도 행복하지도 않았다. 형문이 내가 이런 허드렛일을 혼자서 하고 있는 걸 보면 얼마나 시뻐 여길까. 사람 같잖게 시뻐 여기면 이 집에서 자기가 더 펄펄 살아서 휘젓고 다니면서 분탕을 일으킬 것이다. 우리 방에 있는 거울을 보기 위해서도 제 방처럼 불쑥불쑥 드나들 수도 있다. 부엌문을 닫고 소리 나지 않게 그릇들을 씻으면서 이래저래 마음이 언짢았다. 제기랄……. 이런 나의 처지를 집주인남자 가양은 아는지 모르는지. 알고도 모르는 체할 위인인 줄 안다. 그래도 집주인이고 남자인 그를 정식으로 만나 말을 해보아야겠다는 생각을 다시 해보았다. 일상 코빼기도 잘 보이지 않고 밤에 늦게 들어오는데 그것도 옆집이니 한번 만나는 것도 쉬운 일이 아니었다.

다방에서 한번 가양을 본 적이 있다. 제법 떨어진 곳에 앉은 그와 눈이 마주쳐 눈인사를 했다. 눈인사만 했다. 그가 먼저 나가면서 우리 찻값을 자기가 지불한다고 인사 대신 말했다. 레지에게 우리 찻값까지 달아두라고 했다. 레지는 샐쭉한 눈으로 그에게 그 흔한 인사말 "안녕히 가세요."도 하지 않았다. 조금 뒤 우리도 다방을 나갔다. 어쩌나 하다가 우리 찻값에 그의 것까지 보태어 냈다. "안녕히 가세요. 또 오세요." 레지가 환히 웃으며 인사했다. 나는 그 다방에 다시 가지 않았고 가양을 만나기가 여전히 어려웠다.

하루가 더 지났는데 당동댁은 여전히 우리에게 한마디도 안 하고 그저 시장가는 모양으로 나갔다. 옆집에 피해 있는 가양을 찾아갔다. 아침 일찍 나가고 없었다. 그 집 여자가, 찾아간 나의 의중을 알고 곧 해결되지 않겠느냐고 말했다. 집주인 내외가 오늘은 형문을 보낼 장소를 물색하러 나갔을까 반신반의하면서 또 하루를 그렇게 보냈다.

다음날 아침도 당동댁은 말없이 그냥 나가려고 했다. 나는 대문 밖까지 따라 나가서 물었다.

"어떻습니까. 총각을 어디 넣어보기로 했습니까?"

그녀는 대뜸 화난 얼굴로 대답했다.

"실수예요. 실수란 게 성한 사람의 경우에도 있잖아요. 분명히 전에보단 나아졌어요. 정신이 좀 들었어요. 정신이 없으면 그런 사고도 낼 엄두를 내지 않는 아이라니까요. 유릴 지가 깼기 땜에 갈아 넣어달라는 말 한마디 하지 못하고 추운 지(제) 방에서 죽은 듯이 지내는 것 봐요."

나는 할 말을 잊었다. 그러면 우리가 나갈 테니 조처를 해달라는 말도 하지 못하고 말문이 막혔다. 시장가는 그녀의 뒷모습만 멀거니 바라보았다.

그날 오후 해거름에 색다른 손님이 찾아왔다. 당동댁과 같이 온 걸 보면 일부러 모시고 온 것 같았다. 종숙(從叔)이 되는 사람인데 외모에서 풍기는 게 고지식해 뵈는 노인네였다. 종숙은 아버지의 사촌인데 당숙부님이라 주로 불리었다. 언성을 높여서 형문에게 훈계를 시작했다. 그의 목소리가 간간이 바깥으로 흘러나왔다. 종숙 혼자 말했다. 방 안에서는 형문이 혼자 듣고 있었고 밖에서는 나 혼자 간간이 종숙의 목소릴 들었다. 그의 어머니는 뒷방이나 뒷방에 딸린 부엌에 있어 보였다.

"부모 봉양 잘해야 된다……. 모든 것은 정신에 달려 있는 것이다. 정신을 바짝 다잡아 차리면 니 같은 병이 날 리가 없다."

형문은 듣고만 있었다.

"니 자신을 잘 간수하지 못해서 그런 기다……. 이 겨울에 유리창을 깨서서 되겠나, 이 사람아……. 니는 니고 나는 나다, 하는 생각은 버려야 한다. 부모가 니 하나 믿고 사는데 정신을 딴

데 두어서 되겠나, 응 이 녀석아."
 형문은 듣고만 있었다. 듣고 있지 않았다.
 "이웃간에도 친목이 있어야 한다. 인사 잘 하고……. 사내대장부는 결심한 바가 있어야 한다. 그 결심한 바를 차고 나가야 한다……. 특기가 뭐꼬? 글재주냐 운동이냐 손재주냐?"
 형문은 듣고 있지 않았다. 말 사이에 격에 맞지 않는 쉼, 앞뒤 연결이 되지 않는 그의 훈계는 그만둘 듯 그만둘 듯하면서도 끝없이 이어졌다. "새애끼!" 목구멍까지 차오른 이 말을 형문은 내뱉지는 않았다. 꼭 참았다고 보기는 어렵고 뱉기 전까지 차오른 말 대신 소리를 죽여 키득키득 웃었다. 주의를 받았고 계속되는 훈화에 이제는 눈이 감기기 시작하였다.
 "매일 잠만 잔다더니, 이눔아 제발 눈을 좀 떠라. 시상(세상)이 얼매나 변해가고 있는지 알기나 하나, 이눔아야."
 형문은 듣거나 말거나 했다. 눈을 한번 끔벅거리긴 했다.
 "큰아버지 한번 해봐."
 "예."
 듣는 둥 마는 둥 하던 형문이 한마디 말했다.
 "그래애. 바로 그거다. 말을 해야지, 말을."
 어색한 답이었는데도 종숙은 흐뭇한 웃음을 지으며 고개를 끄덕이었다. 어깨를 한번 두드려주었다.

"예."

이번에는 앞에 말도 없었는데 혼자 답을 했다. 대답을 먼저 해서 쓰나, 종숙은 나무라지 않았다. 엉뚱한 역사 이야길 꺼냈다.

"예, 예라. 예족(濊族)의 후손일 수도 있겠구나, 불만의. *한웅(桓雄)과 결혼하지 못한 이팔(二八) 호랑이, 예족의 후손일 수도 있겠구나. 이팔 호랑이가 아니고 삼칠 곰인 고구려 족이었어, 이 겨렌. 개천(開天), 제천(祭天)한 *한국(桓國), 한국(韓國)이야. 개(開)에 제(祭)의 뜻이 들어있고 한국(韓國)이 한국(桓國)이었어, 허허."

"예."

"그래그래, 어려운 나의 말을 듣고 있구나. 아무도 내 말을 못 알아들었는데 니가 내 말을 듣고 있구나, 허허. 이팔은 십육(16), 삼칠은 이십일(21) 곧 온(백)일 수 있는데 한웅은 삼칠을 택했어. 곰, 스물한 날째나 스물한 살일 수 있었지."

종숙은 고개를 주억거리지는 않고 빤히 형문을 바라보았다. 뒷부분은 중얼거리는 말이었는데 형문은 그 부분이 더 잘 들렸다. 호랑이 눈으로 구구단을 한번 외었다.

"이팔 십육, 삼칠 이십일······."

"그래그래, 그거다."

"이팔이 십육, 삼칠이 삼칠이……."

다르게 장난질을 하는 구구단으로 바꾸었다. 종숙은 반만 들었다.

"큰아버지 간다. 인사 한번 해봐. 큰아버지, 느그 아버지하고는 사촌이지만 형이라서 큰아버지다. 큰아버지, 안녕히 가십시오."

먼저 일어선 종숙이 형문에게 몸을 굽히면서 인사말을 배워 줬는데 형문에게, 호랑이에게 인사를 하는 모양이 되었다. 형문은 일어서지 않았다. 종숙이 대문을 나간 뒤에야 대답 겸 인사를 했다.

"예, 아버지 사촌."

사흘이 지났으나 창문은 깨어진 그대로였다. 우리에게도 여전히 아무런 말이 없었다. 딱해 보이는 그 집안일에 인정사정없이 우리 사정만 자꾸 하소연할 비위가 되지 못하였다. 그렇다고 언제까지 눈치만 보고 눌러앉아 있을 수도 없는 일이었다. 이 집에서 우선 나가는 게 우리에게는 최선의 길이고 급한 일이었다. 남자끼리 만나 어서 해결하라고 아내는 성화를 부렸다. 더 버티겠다는 뜻은 어느새 바뀌어 있었다. 가양을 만나 봐도 무슨 해결점이 생길 리가 없으나 아내의 성화도 있고 하여 그를 만나

봐야 하는데 쉬운 일이 아니었다. 그는 여전히 집에 도통 발을 들여놓지 않고 옆집으로 밤늦게 들어갔다가 아침 일찍 나가버렸다. 식전에 남의 집을 방문하는 것도 어려웠다.

가앙을 만나는 간단한 문제를 가지고 며칠 신경을 썼다. 지방기자와 경찰 끄나풀 노릇을 하면서 못된 짓도 많이 했고 법을 악용하여 치부한 사람이었다. 만나면 "전세금 마련해주세요." 단도직입적으로 말할 것이다. "애 엄마한테 말해보세요. 난 몰라요." 그런 말로 답을 할 것이다. "이런 위험한 집에서 못 살겠고, 우린 나갈 것입니다. 법대로 해볼 것입니다." 단호하게 말할 것이다. "맘대로 하세요. 아내가 우겨 끌어내온 거요." 그런 말, 그런 자세로 나올 수도 있다. "아줌마가 그랬든 책임은 호주인 아저씨죠." 그런 말로 반박할 수 있으나 전의 습성이 남아서 더 악질로 나올 수도 있다. 우릴 내쫓기 위해서 고의적으로 성하지도 않은 아들을 끌어내온 것은 분명히 주거 위협으로 위법이 될 수 있는 것인데 세 번이나 그런 것을 보면 악질적인 기질이 숨어 있었다. 반대로 법을 좀 두려워할 수 있다.

하여튼 만나고 싶지 않은, 피하고 싶은 인물인데도 만나야 했다. 해볼 데까지는 해봐야 한다. 창문 깨는 장면을 사진으로라도 몇 장 찍어두었으면……. 카메라가 없어 그러지도 못했다. 마음이 급해질수록 가앙을 만나기가 어려웠다. 큰맘 먹고 모자가 들어있는 그 방문을 두드렸다. 전세금 관계를 이번 기회에 분명히 다짐을 받고 나가든지 해야겠다는 결심에서였다. 전쟁을 하는 기분이었다.

당동댁은 아들 곁에 죽치고 앉아 있었다. 싸늘한 방의 냉기와 고약한 냄새가 코를 자극했다. 니코틴 냄새와 지린내와 잡동사니가 섞인 냄새였다. 형문은 누운 채 방을 들어서는 나를 올려보았다. 동물원 울타리에 갇힌 늑대처럼 사나운 짐승이 잡혀와 눕혀져 있는 것 같았다. 그의 어머니가 울이 되긴 해도 나는 경계를 늦추지 않았다. 재빠르면서도 조심스럽게 그의 분위기와 눈빛을 살폈다. 그는 나를 잠시 보고는 눈길을 돌렸다. 옆방의 사람, 침입자인 나를 보지 않는 저 사나운 눈빛……. 먹이를 낚아챌 때에야 시선을 한군데 모아 공격하겠지. 그가 갇힌 것은 야성이어서 가축으로 부적당하기 때문이고 그 증표가 시선이었다. 형문과 눈이 마주칠까봐 내 쪽에서 눈길을 피하며 당동댁 옆에 앉았다. 혹시나 하여 얼굴을 부드럽게 하였다. 당동댁은 나의 방문이 의외라는 듯한 눈으로 자리를 내어주었다.

"건강이 좀 어떻습니까, 총각이?"

어조를 낮추어서 말했다. 형문이 다시 나를 보았다. 그에게 물은 것이 아닌데 멋쩍어 씨익 한번 웃어 보이며 이제야 아는 체를 했다. 나는 그에게 가벼운 목례를 보내며 선의의 웃음을 지어보였다. 겁 없이 다가와 앉는 나에게 당동댁은 무겁게 입을 열었다.

"미안합니다."

나는 그녀의 진정성을 주시하며 조용히 다음 말을 기다렸다.

"이런 경황에 이렇다 할 말도 다 하지 못하겠네요. 며칠 내로 어떤 결정이 있을 겁니다."

무슨 결정인지 애매하게 말했으나 그래도 약간 진전된 말이어서 다음 말을 기다렸다.

"애 앞에서 말하기가 참 어렵고 마음 아픈 일이지만 실로암에 도로 넣든가 아니면 전세금을 내어주어 가부간 해결이 되도록 해보겠습니다."

두 가지 안, 우리가 원하는 바였다. 딱 부러진 약속은 아니지만 그래도 약간 진전된 말이어서 조용히 다음 말을 기다렸다.

"며칠 내로 친정오빠가 다녀가기로 했어요."

두 번째 안에 대한 구체적인 해결책이 될 수 있는데 듣기에 따라서 두 가지를 흐리게 하는 말이기도 했다. 전에도 그런 말을 상투적으로 했다. 그녀의 말은 이번 것도 미더운 것은 아니었지만 그래도 오랜만에 듣는 해결책이었다. 며칠 내로 해결해 주겠느냐 딱 잘라 약속하시오. 확답을 받고 싶었지만 형문의 앞에서 그럴 수는 없었다. 바람에 조금씩 살아 움직이는 커튼과

거울 하나 없는 벽을 잠시 보고 있는데 형문이 문득 한마디 하는 말이 들렸다. 그리 큰 소리도 아니고 단말마적인 한마디였는데 그의 말 자체가 나를 놀라게 했다.

"예."

그를 바라보았다. 그는 나를 바라보지 않았다. 그러나 나를 향한 말이었다. 무슨 말이든 한마디 해야 했다.

"그래 그래."

한마디 호응을 얼른 했다.

"우리 아버지 사촌."

이번에도 나를 보지 않고 말했다. 며칠 전 종숙이 찾아왔던 걸 말하고 있었다. 그의 종숙이 한 말, "예, 예라. 예족의 후손일 수도 있겠구나, 불만의."이 떠올라서 "그래 그래." 다시 같은 말로 호응하고 싶었는데 어색해서 참았다.

"이팔이 이팔."

알아듣기 힘든 말을 한마디 더했다. 엉터리 구구단을 갖고 욕설을 하는 것 같이 들렸다. 더 있다가는 무슨 봉변을 당할 것 같아 얼른 일어섰고 그 방을 나왔다. 1979년 1월의 달력이 하나 벽에 걸려 있었다. 오늘이 몇 년 몇 월 며칠, 무슨 요일인지 형문은 알까. 나도 잠깐 그 달력을 보면서도 오늘이 며칠인지 헷갈렸다. 욕설같이 들린 이팔이 28, 그의 나이일 수도 있겠다 싶은 생각이 후에 든 적이 있다.

"입에 발린 말이에요. 상투적으로 쓰는 말이잖아요. 집주인아저씰 만나야 한다니까요."

저녁에 아내는 한마디로 나의 보고를 일축해버렸다. 보고 중에 형문의 말은 뺐다.

"가양은 더 악질이야. 당신도 알잖아."

나는 가양을 만나고 싶지 않다는 뜻으로 말했다. 만나기가 어렵다는 말은 하지 않았다. 아침, 새벽이라도 한번 가보라고 할 것이다.

"돈을 도저히 내어줄 수 없고 총각도 도로 넣지 않을 겁니다, 하는 말이 당동댁의 본심이에요. 그 본심을 숨기고 건성으로 하는 답, 말도 답도 아니에요. 이 지옥에 그냥 버틸 수만은 없고 집주인아저씰 만나든가 더 강하게 나가든가 해야 되잖아요."

해결될 기미는 없지만 더 버틸 수도 없는 우리의 처지, 좀 강하게 나가야 한다는 아내의 생각은 옳았다. 내가 겁내지 않고 모자가 있는 그 방에 들어가 본 것, 그 집에 대한 조용한 도전이 될 수 있었으나 쥐어진 답은 없었다. 당동댁의 입에서 나온 말은 답이 아니고 입에 발린, 둘러대는 지연작전이었다. "우리 총각으로 당신네들을 쫓아내야겠소." 차라리 그 말이 그녀의 본심이었다.

"참, 며칠 전 종숙 되는 사람이 다녀갔어. 형문에게 훈계를 톡톡히 하는 모양이었어."

며칠 전에 있었던 일을 이제야 보고했는데 아내는 아무 대꾸도 하지 않았다.

*'한단고기(桓檀古記, 임승국 번역·주해)'에는 천제(天帝) 桓因을 한님으로 읽고 있고 그 아들을 한웅이라고 하였다. 한글이 없던 시대에 한글 대신 한자를 빌려 썼다. 한웅의 시대, 나라가 한국(桓國)이었다. 桓은 하늘 뜻의 '한'으로 읽어야 한다. 가지마 노보루(鹿島昇)는 그 뜻이 너무 깊고 커서 '환'으로 슬쩍 바꾸어 번역했다.

반절半切

하루하루들이 견딜 수 없이 벅찼다. 방학이 반 지나고 있었다. 집을 지키면서 늘 나는 초조했다. 형문의 방에 갔다 온 후로부터 후각에까지 그 방의 냉기와 그의 체취가 풍겼다. 그래서 나는 나의 방에 있으면서도 평온한 쉼을 한시도 가질 수 없었다. 너저분하게 자란 수염과 짧게 깎은 머리, 그리고 이상한 눈빛이 수시로 떠올라 불쾌했다. 어둡고 싸늘한 냉기, 이불을 진종일 쓰고 있는 모양도 보였다. 삶과 죽음이 함께 그 방에 있었다. 이러다가 그 사람 죽게 되지나 않을지. 그것은 또 다른 형태로 나에게 짐이 되었다. 인정상 안됐지만 반대로 우리가 바라는 해결점이 될 수도 있겠다 싶은 생각도 들었다. 죽기 전에 무슨 일을 저지를 수도 있다. 하루라도 더 버티다가 예측불허의 끔찍한 일이 일어나 우리가 당할지도 모른다. 그런 불안이 짧은 순간 뇌리를 스쳤다. 이런저런 불길한 생각이 한시도 끊어지지 않았다. 그 방에 대한 경계를 늦추지 않았다.

그 방문이 열려 있어 들여다보았다. 그는 혼자 누워 있었다. 조금 전에 담배를 피웠는지 연기가 어려 있었다. 나는 그 방문을 닫아 주어야겠다고 생각했다. 얼마나 추울 것인가. 그냥 조용히 닫으려다가 방 안으로 들어갔다. 무슨 말이라도 한마디쯤은 하고 나와야 할 것 같았다. 가까이 다가가 앉는 나에게 그는 적의를 보이지는 않았다.

"심심하지, 강군."

말을 건네었다. 춥고 힘들지 않느냐는 질문이 적당했는데 말을 바꾸었다. 그는 멀뚱멀뚱 바라보기만 했다. 웃는 표정도 화난 표정도 아니었다.

"무슨 생각을 하나? 좋은 책이라도 좀 읽어보지, 책 한 권 갖다 줄까?"

분위기를 누그러지게 하기 위해서 아무 말이나 주워섬겼다.

간 큰 방문, 말 붙임이었다. 그는 여전히 답을 하지 않았다. 그러나 잠시 생각에 잠기는 표정을 했다. 뭐 마실 것 하나 갖다줄까, 분위기를 좀 좋게 하기 위해서 그런 생각이 났으나 아픈 환자에게 아무 음식이나 주었다가 나중에 당동댁에게 무슨 말을 들을까 싶어 얼른 그 생각을 접었다.

"교회 나가서 예수 한번 믿어봐."

마실 것 대신 엉뚱한 말을 꺼냈다. 참 엉뚱한, 어이없고 실속 없이 한 말이었다. 예수 믿는 것이 뭔가도 모르면서였고 또 그런 말을 한번 해야지 하는 준비성도 없이 불쑥 꺼낸 말이었다. 그러나 이미 내뱉은, 권하는 말이 되어버렸다. 그런데 놀라운 일은 그가 이 나의 말에 대답과 함께 고개를 주억거린 것이었다. 한 1분쯤 시간이 지난 뒤의 반응이라 꼭 내가 권한 말에 대한 답이 아닐 수도 있으나 다른 말을 한 것이 없어서 그 답일 가능성이 컸다.

"예."

앞의 두 말에는 눈, 고개도 표시를 하지 않았는데 이번 말에는 고갤 주억거리며 소릴 내어 응답을 한 것이었다. 템포가 좀 늦긴 해도 짧고 분명한 답이었다. 그 응답에 대한 다음 말은 예수 믿는 것, 교회에 나가는 것에 대한 행동으로 옮길 수 있는 시안을 붙여야 했다. 그러나 나는 그러지 못했다. 그를 누가 어떻게 교회에 데리고 간단 말인가. 환자니까 교회에 나가지 않고서도 재택(在宅) 신앙인으로 믿을 수도 있다. 그 구체적인 방안 제시도 사실 나로서는 어려운 일이었다. 현실적인 시안 제시를 해주지 못하고 나는 일어섰다. 분명히 고개를 주억거리면서 표시를 했는데도 한마디 말한 내가 그것을 묵살시킨 격이 되었다.

"아버지, 아버지 사촌, 개천."

내가 일어설 때 그가 낮게 중얼거렸다. 나의 말에 '예'라고 반응을 했는데도 내가 그것을 묵살시켜 그가 이어 낸 말이었다. '아, 말을 했으면 말을 더 해야지, 선생.' 그런 어투의 말로 들렸다. 아버지 부른 것, 옆집에 피신한 자기 아버질 불러보는 말 같기도 종숙을 부르기 위한 앞말 같기도 했다. 호응이 되지 않은 '개천'은 욕이나 탄식의 어투로도 들렸다. 훗날 성경에 대한 지식이 좀 생겼을 때 형문의 이 부름말에 대해서 좀 짐작이 되는 바는 있었다. 실로암요양소에서 기도할 때 하나님을 아버지라 더러 불렀을 거라는 것이었다. 개천은 '하늘에 제사하고 하늘 문이 열려' 뜻이었다. 종숙을 아버지 사촌으로 한 거 어색하게 들렸는데 아버지 비슷한 분 뜻으로 대강 해석해보기도 했다. 한 날 종숙이 훈계한 말 속에 '개천'이 있었는데 그 한 부분을 불쑥 던진 말일 수도 있었다.

"아버지?"

문 쪽으로 발걸음을 떼지 못하고 반문했다.

"아버지, 아버지……."

이번엔 사촌을 빼고 그가 다시 말했다. 옆집에 사는 아버질 불렀는데 이번에도 꼭 그 아버질 부르는 말만으로 들리지 않았다. 말문이 트인 것, 처음 보는 일이었다. 정신이 잠깐 돌아온, 너무나 분명한 발음의 말이었다. 완전한 문장의 말은 아닌, 반절이었지만 오랜만에 듣는 정상적인 사람의 목소리였다. 몽둥이 장정 앞에서 잘못했다고 말했던 때와 시간상으로는 그리 먼 것이 아닌데 참으로 오랜만에 듣는 정상적인 사람의 말이었다.

"그래애, 자네 아버지, 옆집."

한마디 답을 했는데 몇 단어를 열거한 어색한 말을 했다. 어색한 말 때문에 다시 앉고 싶은 맘이 약간 일었으나 눌렀다. 교회에 나가 예수 한번 믿어보라는 나의 말, 아버지라고 말한 그의 말에 대한 보충 소견은 더 나누지 못했다. 둘의 소통은 절반 이하인 셈이었다.

"아버지, 실로암."

그가 또 아버질 불렀다. 이번엔 실로암을 붙였다. 여전히 온전한 문장의 말은 아닌, 반절이었다. 그러나 정신이 잠깐 돌아온 때의 이어진 말이었는데 내가 알아듣지 못한 것이었다. 실로암, 요양소인 거기서 그는 잠깐 정신이 돌아왔거나 희미한 가운

데 하나님을 만났거나 말씀을 들었다. 하나님을 아버지라고 불렀다. 말을 잘 알아듣지 못하는 나 때문인지 그는 말을, 정신을 다시 잃고 있었다.

"쉬어라."

나는 쫓기듯 문 밖으로 나왔다. 그에게 내가 전도를 시도해 봤다는 말을, 잠깐 정신이 돌아왔다는 말을, '아버지?' 되물었을 때 자기 아버질 간절히 불렀다는 것을, 분명한 발음으로 반응을 하더란 말을, 그 아버지에 실로암을 붙였던 것, 하나님을 불렀단 말을 아내에게 말할 것인가 숨길 것인가. 나는 한동안 이 문제에 대해서 골몰했다. 당분간은 하지 않는 게 좋겠다고 생각했다. 그냥 문 닫으러 갔다가 잠시 들어가 본 것이야. 형문이 한없이 불쌍하게 생각이 든 날이었다. 책임 없는 말을 하여 그를 내가 더 피곤하게 했다.

형문은 차츰 몸이 더 무거워졌다. 담배를 피우거나 변소에 가는 일 말고는 이불 속에서 지냈다. 커튼이 추위나 바람을 막아주지는 못하였다. 입술이 부르트다 못해 손을 대면 피가 묻어나왔다. 때로는 이불 바깥의 춥고 날카로운 대낮에 두 눈을 희번덕이며 뭔가를 찾아보려고 하다가 이내 외면하고 누워버린다. 추위를 잊기 위해서 무엇이든지 생각해내어 붙잡으려고 한 적도 있었다. 대개 이럴 경우 가까이 있는 어머니만이 떠오를 뿐이었다. 미국 간 누나, 세 들어 사는 큰방의 사람들과 그 전에 살았던 사람들, 이웃들과 친구들의 얼굴들을 조금만 애쓰면 떠올려볼 수도 있는데 늘 머릿속이 무거워 그만둘 경우가 많았다. 자꾸 더 바보가 되어가고 있었다. 약을 먹을 때도 그랬고 어제 오늘처럼 어머니의 눈을 속여 약을 먹지 않아도 별수 없었다.

닷새째도 추웠다. 삼한사온이 있다던데, 형문은 미처 이런 것을 생각해낼 수도 없게 되었다. 그날 밤에도 잠을 설쳤다.

그의 어머니는 전날처럼 미닫이 저쪽 뒷방에서 신령 앞에 매달렸다. 초저녁, 썰렁한 집 안에 그녀의 소리는 정말 신령과 얘기하는 어투로 들렸다.

영검이 많으신 우리 신령님,
활천 땅 삼정 마을 하회동참하오이소
비옵니다 비옵니다, 불쌍한 우리 형문이
악한 것을 쫓아내고 지 정신 찾게 해주이소
불쌍한 우리 형문이 제발 지 정신 들게 해주이소

전날처럼 길지는 않았다. 소리가 끊어지면서 그의 어머니는 신령 곁에 더 가까이 간 기분이 들었다.

형문은 고양이라도 나타나기를 바란다. 고양이 소리가 정말 앞집 지붕이나 담쯤에서 났는데 그는 일어나지 않고 그 소리만 들었다. 앞집에서 낮게 들려오는 텔레비전 소리와 골목에서 왁자하게 떠들며 멀어져가는 청년들의 소리도 들었다. 멀어져가는 청년들의 소리를 노인의 몸, 귀로 들었다. 나일 떠올렸다면 노인의 몸이 되진 않았을 건데 그의 나이가 생각나지 않았다. 정적을 헤집고 앞집 지붕을 타고 와서 야아옹 야아옹 하고 고양이가 조금 전보다 크게 울어댔다. 이번에는 알은 체를 한다. 어머니의 신령이 왔다.

"히히 히히히 이히히……."

일어나 창문을 연다. 커튼을 젖히고 유리도 없는 창문을 연다. 어머니의 신령은 여전히 그의 시야에 오래 있어주지 않았다. 호주머니에 든 알약을 매만졌다. 요 며칠 동안 모은 것인데 제법 되었다. 이것이나따나 던져주는 건데…….

그의 어머니 방에는 초저녁 말고는 밤 내내 조용했다. 불도 다시 켜지지 않았다. 가만히 일어나 그 방문을 열어보았는데 어머니의 숨소리가 없는 빈방이었다. 일주일에 한두 번 방이 비었는데 오늘밤 따라 행방이 묘연한 어머니가 보고 싶어진다. 어디에 갔을지 그는 상상을 하지 못하였다. 날이 새기를 기다렸다.

당동댁은 그날 밤 남편과 옆집 한 이불 속에 있으면서 아들이 기거하는 방의 창문 걱정을 했다. 창호지라도 발라야 한다고 말했다. 요 며칠 동안 그녀는 그럴 만한 돈을 쥐지 못했다. 남편에게 그런 말을 한 것은 그런 사정도 있지만 며칠 전 딸에게서 부쳐온 돈이 남편 수중에 있기 때문이었다. 오랜만에 부쳐왔는데 반절이었다. 가앙은 일언지하에 아내의 요구를 거절했다.

"그냥 둬. 그 새끼 욕 좀 보게 그냥 둬."

고양이탈바가지모자

그날은 일요일이었다.
 아침에야 들어와 아들의 밥을 챙겨준 당동댁은 밥상을 물리기가 바쁘게 일찍 밖으로 나갔다. 일거리가 별로 없어 점심때쯤 고개를 넘어 돌아오는 길이었다. 손에 돌돌 만 종이뭉치가 들려 있었다. 조금 전에 집은 것, 접지 않고 돌돌 말았다. 눈이 갔고 어쩐지 집어보고 싶은 종이가 고개 마루에 떨어져 있었다. 집어봤는데 남의 것이 아니었다. 오늘의 것이 아니어 보였으나 오늘 그것을 주워 쥐었다. 고개 근처에서 밭일하던 한 여자가 지나가는 당동댁에게 말을 건네었다.

"어디 갔다 오노, 당동띠기?"

"읍내에."

고개 너머 시내(市內)를 나이 든 사람들은 예전부터 읍내(邑內)란 말로 썼다.

"왜 그런 모잘 썼노."

"무슨 모잘?"

"시커먼 그 탈바가지모자 벗어라. 고양이 될라고 그라나."

"탈바가지모자? 무슨 시커먼 탈바가지모잘 내가 썼다고 그라노."

"썼거만은, 고양이탈바가지 같은 것. 머리에 찰싹 붙어 쓴 것 같기도 안 쓴 것 같기도 한 것, 이 시상(세상) 모자 아닌 것 같네."

평소 기도를 많이 하는 교회 다니는 한 권사였다. 당동댁 머리에 시커먼, 눈에 거슬리는 고양이탈바가지모자가 보였던 것이다.

형문은 방 안의 책상 서랍과 쓰레기통, 장롱을 뒤졌다. 그의 어머니가 나간 뒤 오늘은 서너 시간 동안 담배 구경을 하지 못하였다. 밖으로 나와 마당 구석구석까지 살폈으나 없었다. 정말 환장할 지경이었다. 방으로 다시 들어갔다가 도로 대문 밖으로 나왔다. 골목 한 지점, 달아나던 어머니가 넘어졌던 곳에 눈이 갔다. 그의 눈이 어머니의 그림자 몸뚱어리를 덮쳤다. 몸뚱어리 형상의 그림자는 눈 깜짝할 시간에 사라졌다. 실망과 화가 엇갈린다. 가까운 골목 안을 휘 둘렀다. 모처럼 푸근한 날씨였다.

길바닥엔 담배꽁초 하나 없었다. 하수구에 반쯤 되는 게 하나 보이긴 했지만 줍기 힘들었다. 뭘 잊고 나온 시늉으로 다시 집에 들어갔다가 이내 되돌아 나왔다. 이번에는 좀 먼, 시장가는 길로 갔다. 고개 쪽으로 난 고삿 길목에서 그림자 몸뚱어리가 아닌 그의 어머니와 마주쳤다.

"왜 나와 있노? 얼른 집에 가자."

"담배 한 개 주이소."

퉁명스럽긴 하나 근자에 들어보기 힘들었던 사람의 소릴 했다.

"요새 일거리가 도통 없어서……. 좀 참아라."

"담배 한 개 주이소."

아까와 같은 어조로 그가 다시 말했다.

"좀 참아라. 오늘은 좀 참아라. 근데 내 머리에 고양이탈바가지모자가 있니, 정말?"

그는 자기 어머니의 머리를 보았다. "고양이 있니?"로 들었다.

고양이는 보이지 않았다. 내가 잘못 봤나, 씩 웃었다. 못 볼 수도 있지. 보이지 않는 고양이에게 그가 명령했다.

"내려와 이 새끼."

그것은 내려오지 않았다.

"있구나."

그의 어머니가 힘없이 말했다. 손을 올려서 만져보진 않았다. 한손에 쥐어진 종이뭉치 때문이기도 했다.

"이 새끼가요. 네가 거기 있을 곳 아냐."

그가 다시 그것에게 말했다.

"놔 둬, 그냥."

그의 어머니가 아무렇지도 않은 듯 말했다.

"내려와 이 새끼."

"그냥 두라니까."

형문은 화가 났다. 숨어 있는 것도 화가 났고 내려오지 않는 것도 화가 났다. 길가의 담배꽁초 다 집어먹은 것도 네 놈이로구나. 화가 난 그는 그것에게 공격을 했다. 자기 어머니에게 공격을 했다. 몸의 어디에서 솟아나오는지 가늠 수가 없는 힘이었다. 상대가 미처 피할 수도 없는 기습공격이었다. 어머니의 몸뚱어리를 덮쳐 자빠뜨리고 주먹으로 몇 번 머리 부분을 쥐어박은 뒤 발길질까지 했다. 그의 손발은 힘이 생길 때마다 자기 것이 아니었다.

"담배 한 개 내놓으라 했잖아, 내가. 고양이와 친구가 되지 말라 했잖아, 내가."

공격을 멈추고 길바닥에 누운 자기 어머니에게 말했다. 고양이와 친구가 되지 말란 말을 전에 자기 어머니에게 한 적은 없다. 애정 표현도 반 들어있는 말이었는데 그 말에 그의 어머니는 한마디도 대답을 하지 않았다. 돌돌 만 종이뭉치가 어머니 곁에 떨어져 있었다. 아, 저게 조금 전까지 고양이탈바가지모자였구나.

"새애끼, 왜 우리 어머니 머리에 앉아 있어? 한땐 신령님처럼 보이더니 점잖지 못하게 양체도 없이 왜 거기 앉아 탈바가지가 되었어? 종이뭉치가 되었어?"

이번엔 보이는 종이뭉치에게 말했다. 보이지 않는 고양이는 땅에 닿은 그의 어머니의 머리와 함께 탈바가지가 되고 종이뭉치가 되어 앉아 있는 격이 되었다. 달아나지 않았다. 누운 그의 어머니는 거기에 대해서도 아무 말을 하지 않았다.

"오늘은 좀 참자. 후후……."

손바닥을 쳐 털며 말했다.

그렇게 한바탕 한 뒤 다른 골목을 한 바퀴 돌아오다가 마침 길바닥에 버려진 담배꽁초 하나를 주웠다. 후후 불어 소중히 흙먼지를 털었다.

종숙을 만났다. 형문이 모르는 사람처럼 지나치려는데 종숙이 앞을 가로막았다.

"왜 나와 있노?"

대답을 하지 않았다.

"정신, 정신 차리고 있나?"

형문은 듣고만 있었다.

"유리창 깬 거 반성하고 있나?"

형문은 머리를 숙이고 듣고만 있었다. 듣고 있지 않았다.

"큰아버지가 지나가는데 인사도 안 하나? 지금이라도 해봐라."

형문은 고개를 한번 주억거렸다.

"그래, 그래 바로 그기다. 인사 잘하고 부모 봉양 잘하는 거, 그런 게 사람 되는 기고 사람 사는 기다. 예, '예' 전에 말했지만 성질 급한 이팔 호랑이 말고 좀 무던한 곰 돼라."

종숙은 형문의 어깨를 한번 치고는 제 갈 길로 갔다. 종숙이 말한 이팔은 그의 귀엔 28 곧 스물여덟으로 들렸다. 스물여덟이 된 그의 나일 뜻한 말이라면 호랑이가 되어 있다는 것일 수 있었다.

활천活川고개 넘기

 너무 지쳐 보이는 아내를 따라 교회에 갔다.
 교회 갔다 오면서 새로 구한 집, 방으로 갔다. 우리는 가까운 동사무소 옆집, 사글셋방을 구해 어제 우리 손으로 도배를 해두었다. 묵혀 두었던 방이고 딱한 쪽이 우리였기 때문에 그렇게라도 해야 했다. 짐은 시나브로 거의 다 싸두었다. 이왕 기다린 것 일요일을 지나 내일 월요일에 방을 옮기기로 했다.
 우리 부부가 형문을 만난 것은 교회 갔다가 오면서 새로 구한 방에 들렀다가 나올 때였다. 고개 오르는 초입, 가겟집에서 집으로 돌아가는 길목이었다. 형문이 거기 있는 것은 일단 집을 이탈한 상태였다. 집에서 금방 나온 모양은 아니었고 그 근방을 한 바퀴 배돌면서 서성거리는 모양이었다. 우리가 그를 본 것은 그가 자기 어머니를 두들겨 패고 담배꽁초 하날 쥔 뒤 약간의 여유와 즐거움에 도취되어 있는 때였다. 아내가 먼저 그를 보았다. 내가 옆에 있어선지 아내는 겁을 집어먹지 않았다. 일상생활 속에서도 겁을 내는 기색을 보이지 않으려고 애썼던 아내였다. 나의 옆구리를 찔렀다. '저어기…….'

"성냥 있습니꺼?"

그가 나를 보고 말을 걸어왔다. 그의 눈빛은 나를 모르는 사람으로, 그냥 길가는 사람으로 보는 듯했다.

"여기서 뭘 해?"

그의 눈에 아는 사람으로 심으면서 인사조로 되물었다.

그는 성냥 있느냐고 재차 묻지 않고 멋쩍게 웃었다. 그리고 복싱 선수가 링에 올라 시합 전에 가볍게 팔을 뻗으며 워밍업을 하는 시늉을 해보였다. 눈길만 빼면 천진난만한 아이의 몸짓이었다.

"성냥이 없다."

그의 질문에 한 템포 늦게 답했다. '할 수 없죠 뭐.' 그는 워밍업을 조금 더 하면서 그런 말을 삼켰다. '집에 가자.' 하는 말을 하지 않고 그를 지나쳤다.

그를 지나쳐 가다가 문득 물어보고 싶은 말이 생겼다. 한날 고개를 넘으면서 한곳에 떨어진 종이를 집어본 적이 있었다. 형문의 아버지가 아들이 낙서한 종이를 호주머니에 넣어 다니다가 거기서 버렸을 수도 있고 오늘처럼 형문이 외출 나와 그 고개 마루까지 가서 버렸을 수도 있다. '그 종이쪽지, 자네가 오래전에 쓴 것 맞지? 자네가 거기서 버린 것 맞지?' 물어보고 싶은 말이었다. 오늘도 혼자 고개 쪽으로 올라갔다가 다시 돌아 내려와 여기 서성거릴 수도 있다.

1973년, 누나 년······
안, 아버지를 보았다.
실로암

그 쪽지의 내용 일부가 떠올랐다. 그 종이 한 장을 있던 곳에 버리면서 문득 바둑판이 떠올랐고 허공을 향해 대활 했던 일이 있었다.

"우리 바둑 한판 두자." "싫어요." "둬보자." 1973년, 누나 년······. 나는 천원에 낙서 단어들을 놓았고 사시인 형문은 천원도 사선 바깥도 아닌 곳에 그 단어들의 돌을 놓았다. 천원에 놓는데 사선 바깥으로 나갔고 거기 집을 짓는가 했는데 판에 돌이 놓이지 않았다. "넌 졌어." "히히히히……. 안 졌어. 못 잡아." "그럼 돌 놔봐." "돌?" 돌을 천원 가까이 놓는데 이번엔 도무지 잡을 수 없었다. '아버지, 나…….' 하나인 것 같은, 둘인 것 같은 돌을 놓았기 때문이었다. 어이없게 父에서 八이 떨어져 나간 乂자가 떠올랐던 일.

그가 고개를 넘어 헤매고 다닌 불안한, 측량하기 힘든 거리나 시간 속에 낙서한 내용들이 더 흘러 있을 수 있었다. 낙서한 말들을 정리하기 위해 오늘 바둑 둬봤느냐고 묻고 싶었다. 그러나 이미 그를 지나쳤고 구체적인 말은 지나친 후의 것이어서 묻지 못했다. 한번 뒤를 돌아봤다. 그는 등을 보이고 있었다.

거기서 좀 떨어진 고개 쪽 길목에서 아들에 맞아 고꾸라진 당동댁은 거기서 한참 엎드려 있었다. 그 길목을 지나는 두 사람은 그녀 곁을 그냥 지나갔고 술이 취한 한 사람이 그녀를 목격하여 말을 건네었다. 돌돌 만 종이 뭉치가 주변에 떨어져 있었는데 좀 전에 지나친 두 사람은 그걸 더 눈여겨보다가 갔고 술이 취한 사람은 사람만 보았다.

"아니 당동댁 아지매 아닝교. 왜 이렇게 엎드려 누워있어요? 일어나요."

말을 건넨 그는 흔들리는 몸을 좀 가누고 멈춰 섰다.
"양씨 아저씨……."

기어드는 소리로 당동댁이 말했으나 소리가 잘 되지 않았다. 양씨는 그런 소리를 대강 느낌으로 들었다. 쭈그려 앉아 피투성이가 된 당동댁을 흔들었다. 인사불성이었다. 그는 술이 깰 정도로 놀라며 급히 가까운 집에 연락을 했다. 그녀의 남편 가양에게는 연락이 안 되었고 그 옆집 큰집 사람들에게 겨우 연락되어 병원으로 옮겨지게 되었다. 한 시간도 더 지나서였다.

집에 돌아온 형문은 주운 것에 불을 붙여 물었다. 형언할 수 없는 평안함이 젖어들었다. 담배연기로 고리를 만들어보는 그런 짓은 안 했다. 연기 속에 숱한 영(零)이나 동그라미가 아무데로나 몰려 달아났다. 영이든 동그라미든 붙잡을 수 없는 허상이었다.

자기 어머니가 크게 다쳐 입원한 줄도 모르고 있는 그는 방을 지키며 배고픔을 참고 있었다. 치성상 위에 놓인 생쌀을 집어 씹었다. 그것으로 허길 달랠 수는 없고 저녁까지 버티기가 힘들었다. 방은 몹시 추웠다. 옆방도 연탄불이 꺼져 벌써부터 얼음장으로 변해 있었다. 소변을 보기 위해서 일어선 것 외에는 줄곧 이불 속에 누워 있었다. 마당 한구석에서 소변을 보았다.

이불을 뒤집어쓰고 혼신의 힘으로 바깥 하늘의 색깔을 생각해보려고 했다. 그래 푸른색이었지. 막연하게 떠오른 그 푸른색깔이 어떤 빛인지 떠오르지 않았고 볼 수 없었다. 지금 눈앞의 회색이 빛인지 어둠인지 전에 본 푸른색깔인지 구별할 수 없었다.

해가 지고 밤이 깊어져도 당동댁이 집으로 돌아오지 않은 걸 우리는 몰랐다. 우리가 그 사실을 안 것은 그 뒷날이었다. 등잔 밑이 어둡단 말이 바로 우리 경우였다. 동네가 떠들썩했는데 우리만 몰랐다. 아내가 이웃으로부터 사건의 경위를 듣고 와서 놀란 눈으로 말했다.

"일 났어요, 여보. 기어이 이집 총각이 일을 냈어요. 어쩌면 좋아요?"

아내의 입에서 나온 당동댁에 대한 대강의 사건 경위를 들으면서 형문의 방, 그 주변을 보았다. 다른 날보다 더 이상한 정적이 감도는 게 벌써 지난밤부터였다. 옆집까지 비었으니 그 정적은 더 했고 밤새 그의 괴성, 웃음소리 대신 가끔 고양이가 영악스럽게 울어댔다. 너무 조용해서 문득 그의 배고픈 것까지 우리가 걱정했다. 밥을 챙겨먹는 소리가 없었다. 아침까지 쥐 죽은 듯이 조용하기만 한 그의 방에 배고픔과 추위와 어둠이 감돌고 있음을 나는 보았다.

"병원에라도 찾아가보고 짐을 옮길까? 집주인도 없는데 짐을 옮길 수도 없겠네."

"사고가 났는데 짐을 옮기는 거 좀 그렇다. 무슨 병원인지 알아야 가보지."

딱한 말을 주고받았다. 옮길 집이 인근이라 리어카로 조금씩 옮겨도 되는데 하필 이런 날 사고가 날게 뭐람. 옆집 큰집 사람들도 그날 아침까지 도통 나타나지 않는 걸 보면 동네 사람들의 말이 불린 것이 아님을 직감할 수 있었다. 궁금하고 안달이 났다. 아내를 구해둔 방에 먼저 보내고 나 혼자 무슨 소식이 올 때까지 기다렸다.

그의 고모 되는 여자가 열한시 조금 넘어 나타났다. 그의 동태를 보러온 것이었는데 날 보고 보고를 했다.

"즈그 에밀 얼마나 때리고 차 이겼는지 살 가망이 없이 되었어요. 즈그 에미 머릴 시상에 그렇게 때리고 밟는 놈이 어디 있겠어요."

밥을 챙겨주지도 않고 그를 대문간에서 힐난했다.

"병원에 한번 가봐얄 텐데······."

그녀의 의중을 떠보며 내가 말했다.

"오지 말아요. 인사불성이에요. 사람 알아보지 못해요."

이사를 해야 할 텐데……. 이사 말을 그녀에게 할 수 없었다. 인사불성이 된 당동댁이나 가양에게 전해달라는 말도 할 수가 없었다. 우리가 너무 이 집에서 오래 버틴 것 같은 생각을 혼자 했다. 한 사흘 전쯤이라도 이사 해버렸더라면 이런 난감함은 없을 텐데, 지독하게 재수가 없다는 생각을 했다.

좀이 쑤신 아내가 구해둔 그 집에 있지 못하고 왔다. 지루하고 안달이 났다. 우리는 구해둔 방과 형문의 집 사이를 한 번씩 오가면서 한번 갈 때마다 뭐든지 하나씩 들고 갔다. 손쉬운 연탄불집게나 간단한 취사도구 같은 것이었다. 조금만 더 기다려 보자. 나는 쟁반에 밥 한 그릇과 반찬 두어 가지를 얹어 그의 방에 디밀어 주었다. 그에게 처음이자 마지막 선심이었다. 한 십분 후에 그릇을 마루에 내어주었는데 모두 비어있었다. 아내는 그것을 씻고 씻었다. 오후부턴 비가 내렸다.

어둠이 조금씩 비에 섞여 내렸다. 병원 침대에 눕혀 링거 주사기에 꽂힌 당동댁이 집으로 돌아왔다. 돌아왔다기보다 들려왔다. 얼굴은 온통 붕대로 덮여 있었다. 그녀가 퇴원한다는 소식을 이미 듣고 있었으므로 우리는 그 집에서 기다리고 있었다. 가망이 없어 일찍 퇴원한다는 소식이었으나 설마 그렇게 위중할까 싶었다.

침대는 우선 형문의 방으로 디밀어졌고 누군가가 석유난로에 불을 붙였다. 형문은 한쪽으로 밀려나 앉아 침대에 누운 자기 어머니를 보았다. 사람들이 너무 한꺼번에 많이 몰려들어 정신을 못 차리는 그런 얼굴도 아니었다.

"아이구 이놈아, 지지리도 못난 이놈아, 그래 니 눈으로 이제 한번 봐라. 느그 엄마가 어떻게 되어 있는지 봐라."

침대 곁의 보호자들 중 한 사람이 조용조용히 말했다. 형문은 그들의 시선을 받으며 힐끔거리다가 벽에 등을 기대고 눈을 감았다.

문이 닫히고 대부분의 사람들은 마루와 마당에서 서성거렸다. 우리는 창문 틈으로 그 모양들을 대부분 보고 들을 수 있었다. 곧 밖으로 나가보지 않을 수 없었다. 닫힌 그 방문 쪽을 바라보면서 나는 괜히 미안했다. 지금까지 이사를 하지 않고 이 집 안에 있는 것 자체가 미안했다. 사고가 나기 전, 며칠 전부터 이사 준비는 했었다. 사람들의 눈에 이삿짐을 꾸려둔 것도 미안했다. 이런 경황에……. 누가 문을 열어보면 얼마나 욕을 할 것인가. 갑작스런 사고가 나서 도리 상 오늘 낮에 짐을 옮기지 못하고 있는 것을 그들이 이해해줄 리도 없다. 대부분의 짐이 들어있는 큰방 문을 꼭 닫았다. 닫힌 형문의 방 못지않게 큰방에 신경이 많이 쓰였다. 이런 경황에 적당한 인사말 한마디 하지 못한 것도 미안했다. 당동댁이나 가앙에게 해야 하는 말인데 그들은 우리의 인사말을 들을 경황이 없었다.

따라온 일행 중 형문의 삼촌 되는 사람이 우리에게 시비를 걸어왔다. 우리에 대해서는 미리 알고 왔을 것이고 사람을 확인한 후였다. 큰방 문을 갑자기 우악스럽게 열어젖혔다. 일단 그 행동을 발단으로 우리에게 싸움을 걸었다. 우리를 노려보았다. 여러 가지 모양으로 있을 수 있는 싸움의 서론도 없이 본론으로 우리를 몰아세우기 시작하였다. 우리는 그가 누구인지, 왜 그렇게 갑자기 언성을 높이는지 영문을 몰랐다. 조금 늦었긴 하지만 가앙에게 위로의 인사말 한마디라도 하려고 기회를 엿보며 버정이고 있던 참이었다. 큰방에 대해서는 더군다나 주눅이 들어 있었던 터라 그의 갑작스런 행동은 나를 더 당황하게 했다. 그는 술이 한잔 되어 있었다.

"니가 그래 학교 선생이야?"

큰방 문을 열어젖힌 그가 대뜸 고함을 질렀다. 나는 그 행동이나 언성, 서론이 없는 말 때문에 말문이 막혔고 주눅이 들었다. 나이가 나보다 몇 살 위로 보이긴 해도 이런 반말을 일찍이 나는 들어본 적이 없다. 나는 이미 주눅이 들어 있었던 터라 얼른 대응하지 못하고 감정을 죽이며 말했다.

"왜 이러십니까?"

"왜 이러느냐고? 이 새끼, 생각해보면 몰라?"

조금도 거침없이 욕설이 쏟아져 나왔다. 이젠 바로 주먹질이 나올 서슬이었다. 큰방의 문을 다시 거칠게 닫았다 열어젖혔다. 그것은 주먹다짐 이상으로 나의 비위를 건드렸다. 말리는 사람도 없었다. 그의 무례한 행동은 당동댁의 치상을 우리 탓으로 돌리는 것으로 보였다. 그런 속셈으로의 도전인 줄 알았는데 튀어나온 말은 의외로 다른 것이었다.

"왜 방을 비워주지 않어? 전세금 몇 푼 떼어먹을까봐 짐도 옮기지 않고 버텨? 이집 큰방 차지하고 살다가 집주인이 들어오는데도 비켜주지 않고 버텨? 니가 그래 학교 선생이야? 짜가. 애들 말로 짜가야, 당신."

큰방을 비워주지 않고 왜 버티느냐는 게 요지였다. 어이가 없었다. 그동안 우리가 겪은 정신적인 불안에 대해 미안하단 말이나 보상은커녕 적반하장이었다. 짜가는 가짜다. 가짜 선생. 그런데 나는 그 순간 어이없게 '짜가'를 '작가'로 들었다. 군중 속의 고독이라 할까, 박태기 나뭇잎에 시를 쓴 일상 밖의 엉뚱한 습성이나 기질이 발동했다 할까, 두 가지가 보태어진 것이라 할까. 귀만 나무랄 것이 아니라 나는 살짝 모자라거나 비정상적인 것이 가끔 있었다. 너무 어이없는 공격을 받으면서 나는 잠깐 그들 바깥으로 나갔던 것이다. 바깥은 꼭 먼 곳이 아니다.

가까운 바깥 일, 하나 더한다. 목 아래 부분을 만졌다. 멱살을 잡힌 기분이 들어서다. 작가는 숱한 사건의 주인들에게 멱살을 잡힐 수가 있다. 훗날 이 멱살이 다른 멱살과 줄표(–)로 이어진 적이 있다. 진주 경상대 강습 받으러 갔다가, 방을 구해놓고 아내를 기다리다가, 정신이 살짝 나간 초면의 한 여자에게 멱살을 잡히고 역전파출소까지 끌려갔던 일이 있다. 멱살을 잡힌 일을 소재로 뒤에 단편소설 하날 썼다. 제목을 '멱살―멱살'로 했다가 활천(活川)의 일을 모르는 사람들에게는 반쪽 이하의 이야기가 될 것 같아서 '철이 아버지'로 바꾸었다. 활천에선 실제로 멱살을 잡힌 것이 아닌데도 그 이상으로 느껴졌다. 좀 먼 훗날 이 작품이 동서문학 신인상을 받으면서 나의 등단 길을 열어주고 작가라는 말을 들을 수 있게 한다. "당신, 철이 아버지 맞지? 내 몸, 내 돈 뺏어 도망간 놈, 철이 아버지 맞지?" 얼마나 어려웠던 장면, 순간이었던지 모른다. 이 장면, 훗날 KBS 신TV문학관 첫 회 '길 위의 날들'의 원작 일부가 된다. '짜가'를 '작가'로 들은 어이없는 귀는 공격에 대한 반박을 늦어지게 했다. 참다못한 아내가 다가왔다.

"선생, 선생 하는데 선생은 말 한마디 못하고 당하기만 하면서 죽으란 말이예요? 당신들 뜻대로만 해주어야 직성이 풀리겠어요? 즈그 아버지도 피해 산 집에 살면서 사실 그동안 정신적

피해를 크게 입은 쪽은 우리예요. 당신이 뭔데 이 새끼 저 새끼 해? 우리가 당신들 집에 도적질이라도 했어?"

기어이 아내도 끝에 반말을 했다. 그는 아내의 말을 끝까지 듣지도 않고 아까 했던 비슷한 말로 고함을 맞질러댔다. 나의 눈에도 불이 일기 시작했다. 선생이나 작가를 호주머니 속에 깊이 넣고 한 남자, 한 여자의 남편이 되어 섰다. 그가 열어젖혔던 방문을 조용히 닫았다. 그는 우악스럽게 그 방문을 다시 열어젖혔다. 열어젖히는 그의 손을 내가 잡았다.

"이 새끼가……"

"이 새끼?"

기어이 나와 그는 엉겨 붙었다. 아내가 합세했다. 자지러지게 울어대는 우리 애를 누군가가 받았다. 다른 사람들이 그제서야 우리를 떼어 말렸다. 이번에는 아내가 그들에게 더 적극적으로 대들었다.

가앙이 그때 점잖게 나섰다. 시끄러운 이쪽과는 대조적으로 고요하기만 한 그 방 쪽을 한 번씩 보면서 말했다.

"이제 죽게 된 우리 집사람, 전에 좀 섭섭히 했을지라도 다 갚을(가룰) 수 있겠습니까. 내가 대신 사죄합니다. 어려운 부탁이긴 하지만 죽게 된 사람, 이 마당에 큰방 차질 좀 해주어야 되지 않겠습니까."

요지는 역시 큰방이었다.

우리도 딱한 사정을 말했다. 내 말에 아내가, 아내의 말에 내가 이어 말했다.

"큰방 큰방 하는데 '이 집에서 우린 필요 없다'고 큰방을 비워줬지 않습니까? 우리가 먼저 달라고 한 것이 아닙니다." "우리도 이런 형편에 딱하고 불안했어요. 그렇게 몇 달을 지냈어요. 왜 안 나가고 버티었느냐구요? 그건 이집에서 믿을 수 없는 짓을 해왔기 때문이죠. 실제 두 번을 그래왔지 않습니까. 총각의 아버지도 피해 사는 집에서 남인 우리가 뭐 좋다고 여태 버티고 있었겠습니까." "딱한 우리 사정을 한번이라도 진심으로 걱정해 준 적이 있습니까. 선생 선생 하고 함부로 욕질까지 하는데 선생은 사람도 아닙니까. 전세금 떼이면 사글셋방 구해야 할 처진데 사글세라도 감수하고 방을 구해놨어요. 도배까지 해두고 바로 오늘 옮기려고 했어요." "이 집주인도 없는데 옮기는 게 도리가 아니고 해서 기다리고 있는 중이었어요. 이 짐이 바로 그 짐이에요. 그 집에 가보면 압니다. 비도 오고 하니 이제 내일이라도 옮겨야겠다고 맘먹고 있었어요."

나와 아내는 그 어수선한 상황에서도 할 말을 다 했다. 우리 처지, 문제는 걱정도 않고 그쪽은 막무가내였다. 무조건 오늘 큰방을 비우라고 성화를 부렸다. 아내가 울면서 항의했다.

"너무하네요. 아무리 사고가 나 다급해졌기로 엄연히 전세금 주고 들어와 사는 사람을 전세금 해결은 해줄 걱정도 하지 않고 있다가 나가라는 말만 크게 하는 게 무슨 도립니까? 성하지도 않은 사람을 끌어내와 한집에 두고 그동안 얼마나 불안감을 조성해 놓았어요. 당신네만 사람이고 세든 사람은 사람 같지도 않게 보이나요. 떳떳이 전세금을 내어주어 나가라면 비가 와도 지금 당장 나갈 수 있어요."

아내는 확실히 나보다 담대했다.

가앙이 다시 점잖게 말했다.

"이제 시간을 다투어 죽게 될 사람 탓해서 무얼 하겠습니까. 돈은 장례가 끝나는 대로 즉시 해결해주겠습니다. 내가 지금은 요 모양 요 꼴이지만 전에는 이 지방에서 드나들며 일했던 사람인데 큰방을 남에게 준 채 일을 치룰 수 있겠습니까."

사정 반 위협 반으로 말했다. 큰방을 내놓으라는 게 초상을 치룰 때의 문제 때문이요 그의 체면 문제가 걸렸단 뜻이었다. 아내는 그의 약속을 믿을 수 없다고 했다. 전에 세 들었던 사람들도 살기 어려운 처지로 만들어 내쫓고 전세금을 해결해 줬느냐고 다시 다그쳤다. 내가 차마 못한 말을 아내는 거침없이 했다. 분하고 가슴이 뛰었다. 한편 점잖게 나왔던 가앙도 더는 못 참겠다는 듯이 고함을 질렀다. 그리고 금방 목소리를 죽여 온갖 것 다 체념한 목소리로 말해왔다. 지금은 그때와도 사정이 달라졌으니 좀 사정을 봐 달라고 빌었다. 가앙은 오직 큰방이었다.

아내는 계속 울었다. 지금까지 버틴 것과 이런 판국에 방을 내놓아야 하는 셋방살이에 대한 설움이 겹쳤다. 큰방을 비워주지 않고 버티며 지연되는 동안에 갓방 빈 창틀에 새 유리가 끼워지고 있었다. 유리에 비친 하늘은 새 하늘이었는데 우리는 그걸 보지 못했다. 비는 아직 내렸고 우리 앞은 고개였다. 우리가 넘어온 활천고개보다 높은 고개, 보이지 않는 고개였다.

교인들이 몰려왔다. 가앙이 나에게 현금보관증을 써주었다. 못 주겠다면 그냥 못 주겠다 할 것이지 이게 또 뭔가. 나는 현금보관증이라는 것에 대해서 들어본 바도 없고 우리가 직접 그들에게 현금을 보관시킨 것은 아니기 때문에 그런 행위가 달갑지 않았다. 그런 것 그만두라는 나의 말을 아내가 막았다. 찢어 버릴까봐 아내가 얼른 그것을 챙겼다. 교인 중 한 사람이 그런 궁색한 방법이라도 쥐어주게 했던 것이다. 뒤에 알고 보니 이 집을 소개한 정씨의 주선이었다. 그런데 이 종이쪽지 때문에 우리는 한 달 뒤에, 그러니까 보관증에 명시된 반환 날짜에 정확하게 돈을 받아낸다. 그 집에서 돈을 받아낸 유일한 경우다. 현금보관증을 써 건네는 동안 형문은 뒷방으로 갔는지 보이지 않고 한동안 정적이 집 안을 채웠다. 싸움을 걸어왔던 형문의 삼촌 되는 사람도 언제 그랬느냐는 듯이 점잖은 사람으로 변해 있었다.

곡이 들리지 않는 걸 보면 아직 당동댁은 죽지 않았다. 죽음 같은 고요가 계속되었는데 그때 몇 더해진 교인들이 이살 하자고 제안했다.

"미안해서 어쩌지요. 어두워졌고 비도 오는데……."

아내는 교인들에게 그렇게 말하면서도 이미 이사를 작정하고 있었다. 큰방 문을 더 열어 짐을 들어내기 시작했다. 가까운 곳이어서 들어 나르거나 리어카 두 대만 있으면 되었다. 비가 조금씩 오기 때문에 이살 도우는 교인들에게 여간 미안한 것이 아니었다. 얼굴에 조금씩 닿아 적시는 비는 차고 진하였다.

큰방이 비워졌다.

가앙이 바빠졌다. 쓸고 닦는 일과 간단한 가구까지 몇 개 몸소 그 방, 큰방으로 옮기는 일을 하고 있었다. 남이 해도 될 일을 제 손으로 했다. 창고에 처박아 두었던 응접 소파까지 내오게 했다. 그것은 나중에 형문이 있는 갓방으로 들어갈 것이다.

당동댁의 모습이 문 밖으로 나타났다. 침대에 뉘여 대문으로 들어올 때와 같은 모양으로 큰방으로 옮겨졌다. 주사기에 꽂혀 있는 그녀는 깊고 아득한 잠에 빠져 있었다. 사람들의 술렁이는 분위기를 보면 아직 죽지는 않았는데 위독한 상태였다.

두 장정이 형문을 끌고 마당으로 나왔다. 그의 고모가 옷가지를 챙겨 한 장정에게 건네주었다. 기다렸다는 듯이 그것을 받아 든 장정은 기계적으로 형문을 끌었다. 끌려가는 형문을 외면하며 그의 고모는 그를 저주했다.

"이번에는 죽어 나와야제. 죽어 나와야제. 에미 죽이고 지도(자기도) 죽어야제."

사경을 헤매는 당동댁의 얼굴이 잠시 연상되었다. 아들이 어떤 모양으로 마당에 끌려 나와 어디로 가는지 아랑곳없이 그녀는 잠을 자고 있었다. 세 번이나 아들을 수용소에서 끌어내온 그녀였다. 웬만하면 죽기 전에 아들 이름이라도 부르면서 한마디쯤은 할 계제인데도 옮겨진 큰방에서 잠만 자고 있었다. 가앙도 아들이 끌려 나가는 것에 대해서 일언반구 말이 없었다. 아무도 끌려 나가는, 끌고 가는 그 일행에 대해서 의견을 말하지 않았다.

형문은 어두워 길인지 산인지 잘 분간도 안 되는 고개를 넘기 시작했다. 활천고개였다. 두 장정이 착실히 그를 양옆에서 붙들고 갔으나 그들의 얼굴을 볼 수 없었다. 그들은 손이고 줄이고 몽둥이였다. 밀고 당기는 어둠의 손이나 줄, 그리고 언제

든지 때릴 몽둥이였다. 한 방울씩 듣는 비가 뺨을 적셨다. 눈앞에는 크고 작은 동그라미들이 난무했다. 그것들이 시야를 더 어지럽히고 형문을 휘감았다. 오르막길은 미끄러웠는데 고개 너머는 거기다가 군데군데 허방이었다. 실로암의 불빛은 보이지 않았으나 멀고도 가까웠다. 형문은 빈들 같은 과거 같은 곳으로 묻혀가면서 그런 중에도 어머니의 모습이 떠올랐다. 일어나면 말해보리라. 어릴 적에 불렀던 말, 엄마라 한번 하리라.

"고양이탈바가지모잔 사실은 없었어. 고양이 놈이 제 몸을 감추고 있었던 모양인데 내려와라 해도 말을 안 들었어. 길가 담배까지 다 주워 먹은 고약한 그놈, 참을 수 없었어. 미안해, 엄마. 푹 자고 일어나 있어."

빈 들

 이사 간 집은 전에 살던 집과 분위기가 많이 달랐다. 한 울 안에 다섯 집이 사는, 말하자면 다세대주택이었다. 시끌벅적해 보이는, 그러나 사람 살맛이 나는 집 한 곁방에 세 들었다. 아내는 마루 건너 옆을 넘겨보는 버릇이 있었다. 직접 넘겨보지 않을 때에도 그쪽에 신경을 쓰고 있어보였다. 나는 아내에게 그 버릇을 고쳐주기 위해서 일부러 텔레비전 볼륨을 높이거나 빈 소리를 지껄이기도 하였다.

 "강씨, 우찌(어찌) 사는지 모르겠네."

지긋지긋했던 전의 그 집 쪽을 바라보며 아내가 말했다.

"살겠지 뭐, 가앙 혼자. 그 골목으로 가본지도 제법 오래되었네."

오래되지 않았다. 불과 20여 일 정도 지났는데 오래된 기분이었다. 그 집의 일, 잊자. 그 집에 대한 일을 잊으면서 다세대주택 식구들이 되어갔다.

"참, 그 날짜가 거의 돼 가잖아."

그 집에 대한 관심을 끊으면서 한 달이 거의 되어가는 날이었다. 그 날짜란 현금보관증에 명시된 것을 두고 말함이었다.

"다음 주 화요일이죠, 그 날짜. 그건 그렇고, 강씨 아저씨 재혼을 했대요. 한 1주일 됐대요."

아내가 먼저 다세대주택 식구들에게서 그 집에 대한 소식을 들은 게 있었다. 그의 아내 당동댁이 죽은 뒤 한 달도 안 되어 재혼을 한 일, 너무했다는 말투였는데 그리 대단한 일은 아니었다. 지금은 실직자로서 빌빌하지만 한때는 발이 넓었던 사람이라 재혼하는 일이 수월하게 이루어졌다. 개인주택에 혼자 살던 그는 신수가 훤하게 되었다. 제법 세련되어 보이는 여자였다. 돈도 좀 가지고 온 모양으로 집에 도색도 하고 남부럽지 않게 살게 되었다. 우리가 전세금을 받게 된 것은 그의 새 여자 덕이기도 했다. 현금보관증을 받아둔 게 효력이 있었다. 연락이 와서 돈을 받으러 갔을 때 그 여자는 몸져 누워있었다. 돈을 받아 나오면서 섬돌에 나란히 놓인, 윤나는 구두와 샌들을 보았다. 그것은 위엄이 아니었다. 오히려 질투가 날 만한 남녀의 상징이었다. 내 신발에 걸려 비뚤어졌으나 그냥 두었다. 일부러 좀 그렇게 되게 했는지 모르겠다.

 그럭저럭 1년 정도 세월이 지나면서 전의 집에서 겪었던 일도 차츰 잊혀졌다. 그런데 가앙이 교회에 나온다는 소식을 아내에게 들었다. 세계토픽 뉴스보다 더 큰 사건으로 그 소식을 나에게 전했다. 그것도 혼자가 아닌 부부동반을 하여서였단다. 내 들으라고 하는 소리였다. 나는 방 문제가 해결되어 교회에 발을 끊었다. 끊었다기보다 원상복귀 쪽이었다.
 "강씨가 우리 교회에 등록을 했어요, 여보. 정 권사님이 인돌했는데, 본인들이 먼저 나가볼까 말하더래요. 부부가 정장을 하고 나왔는데 멋쟁이였어요. 천지개벽할 일이지요, 여보. 주님의 뜻이 얼마나 깊은 데 있는지 몰라요, 여보."
 세상에는 별별 사람이 다 있구나. 설사 그렇다고 쳐도 아내가 너무 수다를 떨었다. 예수쟁이 너무 말이 많아 싫다는 말 나도 동감이다. 아낼 따라 다섯 번 교회에 나갔는데 한동안 발을 끊은 이유가 있다. 이유야 눈뜨면 얼마든지 보인다.

한번은 교회 안에서 술 취한 사람이 뒤에 앉았다가 분탕을 떨던 것을 본 적이 있었다. 술이 곤드레만드레 된 것이고 목사의 설교에 한 번씩 대드는 말이 통쾌했다.

"공갈치네. 선생이 정말 하나님을 봤어? 예수 좋아하네, 어리석은 백성들아……. 선생인가 목산가 하는 양반요, 보아하니 젊은 양반이 선량한 사람들 많이 속이네. 이 사람들아, 돈 있으면 목사에게 갖다 바치지 말고 소주나 한잔 해. 소주 한잔하고 어하는 게 천당이고 만당이다."

예배 분위기는 엉망이 되었다. 참다못한 주위사람들이 그를 끌어냈다. 나는 그날 예배가 오히려 실감이 났다. 그의 비웃는 눈길에서 오히려 인간다움을 느꼈다. 끌어내는 사람들이 위선자처럼 보였다. 아내는 말했다.

"저런 개망나니도 깨어지면 오히려 더 잘 믿을 수 있어요. 아내 윤 집사님이 얼마나 남편 양씨를 위해 기돌 많이 하는지 몰라요. '사탄아, 물러가라.' 남편이 사탄이란 말이 아니고 그를 괴롭히며 술 취하게 하는 영을 쫓아내야 했어요. 두들겨 맞으면서도 반항 한번 안 한대요. 차지도 뜨겁지도 않은 당신 같은 사람이 제일 어려워요."

나의 경운 찬 쪽이 아닌가 생각했는데 아내는 그 어느 쪽도 아니라고 했다. 나는 차지도 뜨겁지도 않은 쪽이고 그 개망나니

양씨는 뜨거운 쪽이란 말로 들렸다. 그러면 그를 끌어내면 안 되지. 좋은 자리에 앉혀야 되지. 말은 안 했지만 그 다음 주부터 교회에 나가지 않았다. 전세금을 받은 시기와 비슷하다.

가앙이 교회에 나오게 되었다는 말을 들었을 때 나는 속으로 빈정거렸다. '그런 작자는 술 취한 모습으로 나가는 게 더 솔직하고 자연스러울 텐데, 거룩한 체하는 것 자체가 옛날 폼 잡던 그 버릇을 버리지 못하고 있는 증거야.' 남에게 피해를 입히며 살길 더 좋아했던 작자, 자기만 살아야겠다는 신념을 가지고 살았던 작자, 교회 문턱에도 가까이할 자격이 없는 작자였다. 하나님을 무시한 오만이 가득한 자세, 인륜도 염치도 없는 차가운 사람으로밖에 안 보였다. 그 차가운 것이 오히려 신앙을 가지는 데 장점이 될 수 있었단 말인가.

교회에 정이 떨어졌으나 그날 저녁예배에 가앙을 보러 교회에 나갔다. 물론 아내에게는 내 속을 보이지 않았으므로 아내는 또 주님의 깊은 뜻 어쩌구 하며 혼자 감상에 젖었다. 집에서 입던 점퍼 차림으로 가서 뒷좌석에 앉았다. 나는 그날 목사의 설교보다도 찬송이나 기도 소리보다도 가앙의 예배드리는 자세를 곁눈질하는 데 여념이 없었다. 자기 아내와 나란히 앉은, 조금도 흐트러지지 않은 자세였다. 사뭇 경건하기까지 한 저 표정과 틀이 잡힌 기도 자세……. 신령과 진정으로 드리는 예배의 전형이 저런 것이 아닌가 하고 감복했다. 나의 이 감복은 뜻밖의 것이었다는 의미와 한시적일 것이라는 생각 하에서였다. 위선이라는 단어도 그 주변에 감돌았다.

예배 후 우리는 참 오랜만에, 아니 처음이라고 하는 게 더 맞다. 우리는 멋쩍은 악수 나누었다. 불합리에 대한 화합이랄지, 두고 보자는 표시랄지, 우리는 제법 오랫동안 손을 잡고 있었다.

"축하합니다."

그의 손을 잡고 내가 말했다.

"늦었어요."

나의 손에 잡힌 채 그가 말했다. 나의 말은 다복해뵈는 그의 재혼 생활을 더 염두에 두고 한 말인데 그의 말은 교회에 나오게 된 일만을 두고서였다.

가앙에 대한 새로운 관심은 그가 언제까지 이런 모양으로 교회에 나오나 하는 것이었다. 나도 한 번씩 교회에 출석을 했다. 아내의 강권함도 있었지만 그에 대한 관심도 보태어져서였다. 가앙의 신앙생활은 그의 전격적인 결심처럼 평탄하지는 못했다.

새 여자가 도망을 갔다. 다른 남자와 눈이 맞아서였다. 이웃에 세든 무슨 산(山) 도사와였다. 가앙이 새 생활을 시작하면서 돈푼이나 쥐어보려고 이리 뛰고 저리 뛰고 하는 새에 자연히 여자는 혼자가 되어 심심했다. 지친 가앙은 집에만 들어오면 드러눕거나 병을 앓았다. 부부생활이 원만할 리 없었다. 여자는 이웃 홀아비 산도사에게 사주관상도 보고 화투놀이를 했다.

"강하고는 안 맞어. 내 빈 가슴을 채워주지 못해."

그러다가 급기야는 부산으로 밀행하여 한 번씩 가족탕에 들어 목욕을 하고 오곤 했다. 그것이 소문이 나자 둘은 도망을 갔다.

가앙이 교회에 나오는 것도 이제 끝났다고 생각했다. 예상한 대로 그는 공예배에 모습을 나타내지 않았다. 그런데 아내의 말에 의하면 새벽기도에는 한 번씩 나온다고 했다. 닷새가 되는 날 그의 아내가 돌아왔는데 가앙은 아무 말 없이 그녀를 맞아들였다. 몇 남자를 거쳤는지 모르는 여자, 한 남잘 더 잠깐 알았다기로……

어머니가 죽었다는 소식을 들은 가앙의 딸이 1년도 더 지나 귀국했다. 직업군인인 남편이 일본에 갔을 때 그녀도 따라가 있다가 남편이 본국으로 귀국한 뒤에까지 그녀는 일본 이모네 집에서 당분간 더 묵었다. 한국에 나와 보니 상황이 어처구니없게 변해 있었다. 어머니의 분위기는 한 오라기도 발견할 수 없었다. 새어머니는 그녀를 멸시했다. 돈을 몇 번 보태어줘 그것을 쓴 아버지조차 돈이나 좀 주고 가려나 하는 눈으로 딸을 보았다. 예전과 약간 다른 그녀의 눈길도 아버지는 보지 못하였다. 자기 어머니 때문일 것 정도로만 잠깐 느꼈을 뿐이었다.

내가 그녀를 보게 된 것은 교회에서였다. 나는 여전히 차갑지도 뜨겁지도 않은 모양으로 교회에 도장 찍듯 주일예배에만 출석을 했다. 안 보던 여자가 가양의 옆에 앉았다 일어섰다. 변소에 가려나 했는데 주위에서 서성거렸다. 애라도 안고 사람들 주변에서 서성거렸다면 그렇게 이상하게 보이지는 않았을 것이다. 직감적으로 가양의 딸이라는 것과 정신이 좀 부실하지 않나 하는 것을 느꼈다. 가양이 들릴 듯 말 듯 말했다.

"앉아라. 이리 와 앉아라."

딸이 아버지를 바라봤다. 그 눈은 앞이 아닌 위나 옆이나 어느 깊은 곳을 바라보고 있었다. 언젠가 우리 방을 침범한 형문의, 거울 속에 비친 눈빛, 바로 그것이었다. 딸은 그런 눈으로 아버지를 바라보다가 조금 전보다 더 폭을 넓혀 서성거렸다.

가양의 얼굴을 봤다. 얼굴이 굳어지는가 했는데 백짓장처럼 하얘졌다. 예배를 마치고 전날처럼 가양에게 인사를 하자 그는 외면하고 휑하니 교회 바깥으로 도망치듯 달아났다.

딸이 정상이 아니라는 것을 가양은 그날 교회에서 처음 알게 되었다. 눈앞이 캄캄했다. 사람들이 보이지 않았다. 며칠 뒤 급히 출국할 비행기 표 1장을 구했다. 미국이 아닌 일본행이었다. 이곳에 있으면 딸까지 아들 보낸 곳에 보내어야 할 것 같은 암담한 심정이었다. 그리고 마음 한구석에는 사람들에게 창피한 점도 차지해 있었다.

그녀의 남편이 미국으로 귀국했는데도 그녀가 일본에 더 있은 것은 치료차였다. 크게 생활에 지장이 있을 정도는 아니었으나 그 남편은 알았다. 혼자 있으면 별 탈이 없었고 정상적인 쪽이었다. 혼자 요양을 하고 오라고 그곳에 남게 했지만 그 남편도 그녀와 더 살고 싶지 않았다. 딸은 일본에 있으면서 남편이 한동안 부쳐준 돈과 자기가 번 돈 중에서 일부를 떼어 한국의 부모에게 부치는 성의를 보였다. 동생에 대한 것을 알고 부탁을 하였다. 고향에 돌아가고 싶은 마음……. 몸 대신 돈을 보냈다. 같이 한방에 산 남편 말고는 그녀의 정신이 한 2%쯤 온전하지 못하다는 걸 눈치 챈 사람이 없었다. 그 2%가 결혼하기 전에는 여자의 매력으로 포장되어 보일 때도 있었다.

영순은 아버지의 손에 붙들려 고개를 넘었다. 활천고개였다. 이방(異邦) 어둠의 손이었다. 다른 길이 있긴 한데 공항 가는 버스가 고갤 넘으면 타기 쉬웠다. 일본으로 가는 비행기 표 1장이 가앙의 호주머니에 들어있었는데 고개에서 만난 한 사람에겐 그는 미국이란 말을 했다. 그녀의 눈앞에는 크고 작은 동그라미들이 난무했다. 텍사스 골목 여러 남자들의 얼굴들이 크고 작은 동그라미가 되어 허공을 맴돌았다. 그녀는 빈 들 같은 과거 같은 곳으로 걸어가면서 그런 중에도 어머니의 모습이, 동생의 모습이 떠올랐다.

"엄마는?"

"잊어버리고 그만 가거라."

그녀가 잠시 걸음을 멈추었는데 그녀의 아버지는 멈추지 않고 그냥 앞으로 걸었다. 그녀는 뒤를 한번 돌아보고는 그를 따라 걸음을 빨리했다.

"형문이는?"

"잊어버리고 그만 가거라."

"어딜?"

이번에는 그가 딸에게 답을 주지 않았다. 답 대신 표 1장을 건넸다.

결미結尾를 위하여

나는 아직 짜가였다. 가짜 작가였는데 그래도 작가 기질이나 습성이 있어서 형문을 단 한번이라도 더 만나고 싶었다. 형문이네 집에서 나와 1년여 세월이 지나면서 전의 집에서 겪었던 일이 거의 잊혀져갈 즈음이었다. 그를 한 번 더 만나는 자체가 이야기의 결미가 될 것 같은 생각을 했다. 아내 몰래 요양소에 찾아가 면담을 하는 방법이 있는데 그게 쉬운 일이 아니었다. 갔더라도 면담이 가능할 것 같지 않았다. 대신 그와 가까이 한집에 있었던 지난날의 일상을 가까운 날의 무대로 올려 만나는 방법이 있었다. 소설로 옮겨와 그와 다시 만나는 방법이었다. 소설은 현실이 아닌 가짜이긴 하나 현실 이상의 세계가 될 수 있다. 소설 속에서 만나는 일이다. 꿈속 같은 소설 속에서는 가본 길, 못가본 길도 간다. 산다. 만난다. 꼭 과거만은 아니다. 지금 과거의 꿈을 꾸면 실제로 일어난 과거의 일이 소설 속에 들어간다. 소설에만 집중하면 실제로는 일어난 일이 아니게 될 수도 있다. 그 이야기가 단순히 과거에 대한 기록이 아닌, 과거의 미래나 예언이 될 수도 있다. 과거도 앞뒤에 따라 한 부분이 미래가 될 수도 있다.

제법 긴 꿈을 꾸었다. 형문과 이웅에 관계된 꿈을 꿨다. 꿈속에서의 배경은 형문이 우리의 방에 들어왔던 날 쯤이라고 할 수 있다. 큰 사고를 내고 고개를 넘어간 뒤는 아니었다. 꿈속에서 고개를 넘어가기 전의 형문을 만나는 것은 유쾌한 일은 아니었으나 작가의 기질에 붙어있는 결미를 위한 약간의 희망 사항 때문에 꿈을 꾼 모양이었다.

꿈속에서의 배경을 조금 더 자세하게 먼저 이야기해야겠다. 형문이 우리 방에 무단 침입을 한 적이 있었다. 누웠다가 거울을 보다가 나갔다. 그가 방을 나가고 난 뒤 내가 거울 다음에 신경을 써서 본 것이 있었다. 아끼는 타입였다. 혹시 손을 댔나, 또 반대로 은근히 자랑을 하고 싶은 맘도 있었다. 받침(종성) 자판이 왼쪽에 따로 있는, 내가 가진 공병우 타이프. 초성의 자음을 종성으로도 쓸 수 있는 게 우리글인데 이 타이프는 초성의 자리와 종성의 자리, 자판이 따로 있다. '아, 앝'처럼 글자의 세로 길이가 들쭉날쭉 고르지 않아 내 타이프 글이 처음엔 보기 싫었다. 그런데 자주 보니 아름다운 글자체로 보였다. 표 나게 읽을 수 있었다. 받침이 들어가도 초성 자음과 중성 모음이 움직이지 않고 한 모양이다. 작아지거나 자리를 비켜주는 일도 없다. 초성의 자음을 부음(父音)이라 하기도 한다. 부음(父音), 모음(母音), 자음(子音)……. 종성에 자음이 없을 경우도 많은데 우리글을 처음 창제할 때 소리값 없는 이응(ㅇ)으로 그 자리를 채운 적이 있다. 지금도 초성의 자리에, 부음의 자리에 소리 없이 한 모양으로 주인이 되어 살고 있다. 사실상 부음이 없는 모든 모음이 해당될 수 있다.

우리는 가깝고 자유스러운 공간에서 잠시 아무 사고도 내지 않고 이응놀일 하면서 제법 오래 같이 놀았다. 영(零)이나 원(圓) 모양일 수도 있는데 타이프 글자들 속에서는 이응이었다.

"타이프 한번 칩시다."

친구처럼 조용히 문을 열고 들어와 타이프 앞에 앉아 있는 나에게 형문이 말했다. 거울을 볼 생각은 없었다. 타이프는 나의 소중한 전유물이었다. 그에게 자리를 내어주고 싶지 않았다.

대신 놀이를 제안했다.

"이응놀이 한 번 하자, 우리. 이응이 첫 자 첫소리에 들어가는 말 찾기."

"이응?"

"그래, 이응. 그것도 맞네."

"아버지."

한심하다는 어투로 그가 말했다.

"그래, 자네 아버지. 좋은 아들 한때를 생각하면서 옆집에 살고 있는 자네 아버지."

"어머니."

그런 뜻으로 한 말이 아닌데……. 역시 한심하다는 어투로 이번엔 어머니였다.

"그래, 네가 고양이탈바가지모자 벗긴다고 심하게 때려서 죽인 자네 어머니."

그의 한마디 말을 착실히 붙들었다. 고양이탈바가지모자에 대한 정보는 아내에게 들은 것이었다. 아내는 교인들에게 들은 것이었고……. 이응놀이에 살아가는 이야길 넣었다. '그게 무슨 말이오?' 어머니 죽었느냐는 말을 묻는 게 도린데 그는 묻지 않았다. 형문이 우리의 방에 들어왔던 날은 유리창 사고를 낸 뒤이긴 하지만 자기 어머니를 두들겨 패고 고갤 넘기 전이었다.

과거의 일들 중에도 한 발짝 앞은 미래였다. 그는 앞으로 일어날 큰 사고를 모르고 있었고 못 알아들었다. 이응놀이에만 몰두했다.

"아들."

고양이탈바가지모잔 모르겠고 난 그냥 우리 어머니의 아들이오.

"그래, 자네 어머니의 귀한 아들이야. 물론 자네 아버지의 아들도 되지. 자네 아버지, 옆집으로 피신을 했지만 좋은 아들 한때를 생각하면서 밤마다 이불 속에 들어. 앞으로 고갤 넘어갈 아들 생각하면서 눈물을 흘릴 때가 있을 거야. 아니 누구든 눈물이 반짝 어려 있는 순간이 다 있어. 자네와 이응놀일 하고 있는 지금 바로 자네 뒤에 서 계실 수도 있지. 아들 바라보면서……."

시간상 훨씬 훗날의 일까지 붙여서 말하고 있었다. 꿈속이어서 상관이 없었다.

"예수."

훗날의 일은 모르겠고……. 그의 아버지가 가까이 와 있다고 엉너리를 쳐도 그는 그 말을 무시하고 다른 말을 했다. 이응놀이에 많이 몰두했다는 의미다. 그의 말에 따라 나도 반응을 했다.

"맞네. 성부 하나님의 아들 예수 믿어 봐. 언젠가 자네 방에서 말해놓고 그냥 나와 버려서 미안해. 참, 하나님을 아버지라고 부르지? 자네가 그 아버질 불렀다면 자네가 날 전도한 거군. 참, 마당 박태기 나뭇잎을 빤히 바라본 거……. 글자라도 한 자 쓰고 싶었지, 거기? 乂 어떠니? 아비 父에서 八이 떨어져나간 乂 말이다."

"예."

"그래 '예'자 맞다."

"맞아요. 거기도 봤잖아요."

형문의 눈이 닿았던 박태기 나뭇잎, 점을 찍고 획을 그으면서 글을 쓴 적이 있다. 마당에서 눈으로 쓴 거 방으로 들어와 손으로 따닥따닥 타이프 자획을 두드릴 수도 있었는데 아내에게 들킬까봐 참았다. 같은 날은 아니지만 그의 눈을 거기 억지로 머무르게 하여 한 획이라도 글을 쓰게 했던 일도 있었다. 乂는 아니었다.

이응놀이는 계속됐다. 허공에 영이나 원이 맴돌았다. 허공에 날아다니는 그것들이 이응과 비슷하면서도 이응놀이를 훼방했다.

"타이프 한번 빌려주세요."

이응놀이가 좀 시들해지자 아까 부탁했던 말을 다시 했다.

"안 돼, 이건."

그러면서 빌려준다. '고장나지 않게 써.' 형문의 손으로 내 타이프를 치게 한다.

"딱 한번만이다. 열 손가락을 다 사용해."

따닥따닥……. 한 글자를 친다. 처음이라 서툴러 부음, 모음, 자음을 찾는데 시간이 걸린다. 친 부음, 모음이 제 자리에서 움직이지 않는다. 그 밑에 자음(종성)을 쳤다. 딱 한 글자였다. 말이 안 되는 말을 쳤다.

앋

"됐다. 그마안."

이응놀이, 딱 한 글자를 친 짧은 시간인데 형문이 타이프 앞에까지 앉은 걸 생각하면 제법 긴 시간으로 느낀다. 앗, 고장을 낸 건 아닐까. 안, 그가 나의 놀란 소리를 틀린 받침으로 먼저 쳤다. 참, 한날 시내에 볼일이 있어 고개 마루를 지나다가 한곳의 종이를 집어본 적이 있었다. 형문이 쓴 글로 보였는데 거기 앋, 산이 있었다. 말이 안 되는 오자로 보여 빼고 흑백으로 나누었던 일이 있었다. 낙서할 때 더러 쓴 두 자 중의 한 자일 수도 있는 안, 놀람의 감탄사 앗일 수도 있어 보였는데 일단 사전에도 없는 틀린 말이었다. 가까운 훗날, 그 한 글자 줄기에 가지가 붙어 여러 말이 되어 쓸 수도 있다는 걸 알았다. 사람의 뜻을 가진 우리 고어에 안, 살 등이 있는 것도 알았다. 사람의 뜻을 가진 앋에서 아버지, 아들이 파생될 수 있다는 것도 알았다. 살은 사람의 어근으로, 사랑이란 말로 파생될 수 있었다.

그는 고분고분 타이프 자리에서 일어나 섰다. 서서 내 타이프를 발로 걷어찰 수도 있었다. 놀라 잠을 깼다. 그가 방을 들어올 때 놀란 것이 아니고 타이프 앞에서 일어나서 놀란 꿈이었다. 꿈이 계속되었다. 잠을 깬 것도 꿈 속에서였는데 한편은 눈을 뜨고 한편은 눈을 감은 기분이었다. 계속된 꿈, 가앙이 아들 형문을 불렀다. 가앙이 우리 방문을 열고 서있었다. 형문은 손을 호주머니에 넣은 채 서서 돌아보지 않았다.

"형문아."

"예."

형문은 돌아보지 않고 입으로만 공손히 대답했다. 아버지가 아닌 먼 아버지 사촌인 종숙부가 불러도 그렇게 대답할 수 있는 자세였다.

"앋!"

앗, 그의 아버지가 놀랐다. 형문이 나의 타이프로 친 것을 그의 아버지가 읽은 모양 같기도 했다. 놀라서는 안 되고 기뻐해야 되는데 놀람의 감탄사를 같은 소리인 '앋'으로 읽으면서 발했다. '앗'보다 혀끝을 더 윗잇몸 앞에 대어 소릴 냈다. "아들"

하려다가 머뭇거린 말일 수도 있었다.
"아버지."
이번엔 형문이 그 아버지를 불렀다.
"아들."
그의 아버지가 대답, 말했다.
"예."
형문이 대답했다.
"산."
그의 아버지가 이번엔 감탄사가 아닌 한 음절의 말을 했다. 아들의 낙서지를 더러 본 적이 있는데 그것일 수도 있었다. 산 사랑해, 말더듬이의 말일 수도 있었다. 이응놀이에서는 벗어났지만 나는 그들 부자의 대화를 듣고 보았다. 안, 아들은 '당신의 아들'이란 말을 듣고 싶어 타이프에 그 한 글잘 쳤다. 안, 아버지는 '우리 아들'이란 말을 보았고 제 입으로 읽고 감탄하는 소릴 발했다. 이어질 수 있는 산은 사랑이었다. 가앙이 우리 방문을 열고 아직 서있었다. 그의 얼굴이 차츰 형문의 얼굴로 변하고 있었다. 父의 八이 떨어져 나간 乂가 되어 서있었다. 고양이 탈바가지모자가 아닌, 보이지 않는 八모자를 잃어버리고 서있었다.
"안, 산."

우리 아들, 사랑해. 가앙이 축약된 아픔의 말을 발했다. 이응 놀이에서 벗어난, 아들의 낙서지에서 본 그것을 아무렇게나 말해보는 것일 수도 물론 있었다.

형문이 먼저 사라지고 가앙도 사라지려 하고 있었다. 형문이 사라지는 영상이 고개와 함께 겹쳤다. 먼 훗날 자기 누나가 그 고갤 넘는 장면도 겹쳤다. 그걸 뭉개고 가앙도 사라지려고 하고 있었다. 그가 사라지기 직전 그의 뒤통수에 대고 한마딜 던졌다.

"당신의 아들 형문과 딸 영순은 고개를 넘을 거고 가앙 당신은 새살림을 차릴 거잖아요."

미래 시제로 말했으니 시간 순서를 흔든 것은 아니었다. 나는 꿈속에서 예언자였다. 어김없이 닥칠 미래의 일을 가앙의 뒤통수에 대고 말했는데 다행히 소리는 되지 않았다.

나는 진짜 꿈을 깨고 눈을 감으면서 꿈을 뭉개었다. 눈을 감으면서 뭉갠 거 지혜였다. 제법 긴, 이상한 꿈을 마무리하기 위해서 훗날 짧은, 한 꿈을 이었다. 현실은 분명 아닌데 현실 이상인 기분이 드는 꿈이었다. 눈을 뜨고 그의 그림자 몸뚱어리와 만났다.

父子 골목에서 형문을 만나 악수(握手)를 하였다. 그가 나의 손을 잡았고 내가 그의 손에 잡혔다. 형문이 고개를 넘어 실로

암요양소로 간 먼 훗날, 미래의 일이었다.

"축하합니다."

그가 나의 손을 잡고 말했다.

"늦었다."

내가 그의 손에 잡힌 채 말했다. 뭘 축하하는지 물어봐야 했는데 물어보지 못했다. 골목, 잡힌 손이 오래갔다. 내 손으로 쓴 '철이 아버지'로 훗날 늦깎이 동서문학 신인상을 받게 되는데 그걸 미리 축하한 것일 수도 있다고 훗날 혼자 문득 생각을 붙여본 적이 있다. 작가에 대한 꿈도 계속 꾸고 있었다.

객관식 ③소설, 예수

 빈 가슴 운운하던 가앙의 새 여자가 두 번째 도망을 갔다. 이번에는 생활고 때문이었다. 우리 집에서 삼만 원을 빌려간 며칠 후였다. 이번에는 돌아오기 힘들 것이라고들 했다. 정말 돌아올 기미를 보이지 않다가 의외로 보름 만에 돌아왔다. 교회에 처음처럼 열심히 나오지는 않았지만 그래도 가끔씩 출석을 했다. 그 표정들에는 아무런 일도 겪지 않은 얼굴들이었다. 한번은 가앙이 헌금을 했다. 자기 아들을 낫게 해달라는 문구를 헌금봉투에 써서 강대상 위에 올렸다.

주님, 이 죄인을 용서하시고
병든 아들을 낫게 하여 주시옵소서.

이 봉투를 든 목사가 기도 문구를 읽고 잠시 뜸을 들이는 동안에 몇 사람의 입에서 "아멘."이 나왔다. 그 아멘 무리 속에 물론 아내도 끼어있었다. 금시 눈물이 글썽해가지고 한 번도 아닌 두 번이나 "아멘." 했다. 그리고 마음속으로는 수없이 "아멘." 하고 있었다.

딸은?

나에게 문득 날아온 말이었다. 빈 들 같은 곳에서 어떤 모양으로 헤매고 있을지 모르는 당신의 딸은? 저만큼 점잖게 앉아 있는 가앙에게 그런 말을 해주고 싶었다. 자신과 아들만을 헌금 봉투에 써 올린 가앙, 알량한 위선으로 남의 눈을 의식한 것처럼 보였다. 나는 솔직히 그런 문구로 헌금한 그가 메스꺼워졌다. 염치도 의리도 없이 아들 피해 옆집으로 간 작자가 꼴에……. 이웃에 이 모양 저 모양으로 크고 작은 피해 입히고 결국 아낼 죽게 한 주제에……. 죽인 거지. 자기 아낼 죽인 것도 바로 저 작자야 하고 나는 단정했다. 뻔뻔스럽게 그런 주제에 뭘 구하는가. 예수 믿는다고 죄가 사해져? 예수 믿는다고 아무 소원이나 이루어져? 다른 사람은 몰라도 가앙의 경우는 그래서는 안 된다고 나는 생각했다. 어림도 없다. 만일 이루어진다면 나는 그런 예수 믿는 거 싫다. 헌금 내용을 소개하는 목사도, "아멘." 하는 아내와 회중도 마음에 들지 않았다.

그래 일본 가는 비행길 잘 탔는지 다른 길로 샜는지 모르는 그 딸은 접자. 가까운 아내의 태도에 집중한다. 두 번이나 "아멘."을 한 아내……. 사탄이니 뭐니 하면서 적대시하던 때는 언제고 지금은 바로 자신의 일인 양 애타하는가. 마땅히 당할 죄얼(罪孼)로 비참한 결과를 보지 않았는가. 그 악질을 아내는 용서하고 있었다. 다 용서하면 안 되지. 옆의 아내에게 한마디 충고해주고 싶었지만 그런 분위기가 아니었다.

"남의 눈에 눈물 나게 하면 자기 눈에 피눈물이 나게 되는 거야."

예배를 마치고 귀가하면서 아내에게 못마땅한 투로 기어이 한마디 했다. 이미 죄과(罪科)를 받고 있는, 그러면서 자신과 아들만을 헌금봉투의 기도문에 넣은 가앙을 염두에 두고 한 말이었다. 아내는 과거를 잃은 사람처럼 나의 이 말에 벙어리가 되었다. 뒤에도 가앙의 건을 화제로 올리면 아내는 입을 다물어버리는 경우가 많았다.

어느 날 아내의 기도소리를 듣게 되었다. 방언(方言)으로 기도할 때에는 무슨 소린지 알 수가 없지만 그날은 일부러 내 들으라고 그러는지 또렷또렷한 말로 했다. 교회와 우리 가정과 이웃을 위해서 기도하는 중에 가앙에 대한 것이 끼어 있었다.

**강씨, 다시 교회에 나와 예수 잘 믿게 하옵시고
그의 기도를 들어주시옵소서.**

관심을 가지고 지켜봤던 가앙이 교회에 발을 끊고 만 모양이었다. 그의 아들에게는 절망적인 소식이 들려왔다. 이를테면 영 가망이 없는 말기가 되었다 한다. 일본으로 간 그의 딸은 소박 맞았다는 소문이 돌았다. 가앙 자신도 예전보다 몸이 쇠약해져 드러눕는 날이 많았다. 집을 팔고 서민 아파트로 옮긴다는 말이 들렸다.

가앙, 교회에 정말 발을 끊은 것인가. 아내의 기도 효험이 있었던지 아니면 망해가면서 한 가닥 붙잡기 위한 수단인지 한 달에 한두 번 정도 교회에 모습을 나타냈다. 뒷좌석에 앉았다가 축도가 끝나고 폐회송이 계속되는, 모두 눈을 감고 있는 시간에 급히 교회 바깥으로 달아나곤 했다. 그래서 그가 교회에 나왔는지조차 모르는 사람이 많았다. 그에 대한 관심도 차츰 없어져갔다.

시내 볼일이 있어 갔다 오면서 지름길인 활천고개를 넘게 되었다. 내려오는 고개 마루에서 나는 한 사람을 보았다. 그는 동산으로 오르는 계단 초입 바윗돌에 한쪽 발을 올려놓고 구두를 닦고 있었다. 가앙이었다. 지나가는 사람과 상관없이 구두를 닦는 일에만 몰두하고 있는 그에게 인살 했다.

"안녕하십니까."

"아, 이 선생."

그는 허리를 펴고 일어섰다. 빤질빤질 윤이 나는 구두에 비해 얼굴은 검버섯이 돋고 표정이 어두웠다.

"이(李)가 아니고 김(金)입니다."

굳이 고쳐줄 필요가 없었지만 좀 가루어줄 심산으로 말했다.

"아 김, 작가 선생."

성을 잘못 부른 대가로 작가라는 칭호를 붙여주었다. 예전의 기억으로 한 말이었다. 볼 것 안 볼 것 다 보면서 버티다가 끝장까지 구경하듯 보고 나간 걸 빈정거린 것은 아니나 그걸 소재로 소설을 쓴 것을 어림짐작으로 들여다본 말 같이 들렸다.

"아직 짜갑니다. 요즘 건강이 어떠십니까?"

짜가는 '가짜'라는 뜻의 애들 말인데 그 속에 얼른 '작가'를 섞었다. 큰방을 비우는 과정에서 형문의 삼촌에게 들었던 말이다.

"짜가는 아니고. 건강, 좀 안 좋아도 그냥 그냥 살아요."

"아들냄이는요?"

"김 선생도 알다시피 많이 아픈 애야. 그 애가 쓴 글을 나는 보고 그 아픈 이유도 어느 정도 알고 있었어요. 호주머니에 넣어 다닌 적도 있고."

"마당에 굴러다니는 휴지, 아들냄이 글을 저도 본 적이 있습니다. 1973년······."

"그래, 그때쯤이었어요."

친구와 자기 누나에게 무슨 쇼크를 받은 것 같았는데······. 친구 대석의 일과 텍사스 골목의 누나 일을 한마디 하나 하려다가 참았다. 그 당시의 말이 적힌 종이쪽질 여기서 집어본 적이 있다는 말도 차마 하지 못하였다.

"눈길이 안 좋아진 걸 봤어요, 전에."

말을 약간 돌렸다.

"알아요, 눈길. 비뚤어진 거, 오래되었어요."

"눈길, 한번 마당의 박태기 나뭇잎에 눈을 준 적이 있었어요. 정든 마당, 돋아난 나뭇잎에 글을 쓰려고, 글자 한 획 그어보려고 바라보는 눈이었어요. 종이에 한 번씩 낙서한 솜씨, 습관이 된 눈이었죠. 낙서도 글은 글이고 한 획도 글일 수 있지요."

내가 그 시선으로 나뭇잎에 글을 썼다는 말은 차마 할 수 없었다.

"글씨는 좋았어요."

가앙이 딱한 말을 한마디 했다. 내용을 숨기고 싶은 심정이리라.

"한 획이라도 그어보려고 했고, 그 이어짐인데 한날 '아버지.'라고 가만히 혼자 부른 적이 있어요."

그의 방에 가만히 들어가서 몇 마디 대화를 나눈 적이 있었다.

"날 불렀다고?"

"예. 문이 열려 있어서 들어가 대화를 잠시 나눈 적이 있어요. 그 방, 아버지가 보이지 않는 곳에서 '아버지.' 불렀어요. 정신이 든 잠깐이었어요."

가앙은 나의 이 한 말에 한동안 멍해 있었다. 길에서 만나 이야기가 길어졌는데 이 말이 더 그를 붙들게 했다.

"한번, 아무에게도 말하지 않은 것인데 정신이 확실히 돌아온 시간이었어요. 정확한 발음으로 아버질 불렀어요. 실로암을 붙였는데 그게 잘 이어지지 않았습니다."

"실로암에 있으면서 더러 불렀던, 내가 아닌 하늘에 계신 분이었을 거요. 나는 멀리 가 있었거든요. 참, 실로암의 신앙 담당을 하는 한 간사가 나에게 위로조로 한 말이 있습니다. 아들, 정신이 든 날 확실한 신앙고백을 했다고……. 늦게나마 신앙고백을 하고 주님의 백성이 된 이 애비와 닮았고 축하할 일이죠. 교회에서 김 선생의 축하를 받은 적 있잖아요."

이런 일상의 제법 긴 이야기를 그와 나눈 것, 처음이다. 오래 전 나의 생일에 그와 대면한 적이 있긴 해도 그땐 일상과는 거리가 있는 정치 이야기나 그의 성공했던 인생편력을 들었다. 축하한 게 신앙에 대한 것이 아니고 그의 재혼을 염두에 두고 한 말인데 기억이 나지 않았다. 실로암의 간사가 한 말, 별로 대수롭지 않게 들렸다.

"그냥 '아버지'라고 불렀어요."

하나님을 그냥 아버지라 부를 수도 있다. 그러나 가양을 염두에 두고 말했다.

"좋은 아들이었어요, 한때. 한 획이 빠지기 전에는 똑똑하고 좋은 아들이었어요. 비정하게 바라보는 눈들……. 눈들이 무서웠어요. 그래서 옆집으로 갔어요. 죽고 싶을 때도 더러 있었고……. 아들 잃고 나중에 마누라 잃고 무신 얼굴로 살고 싶었겠어요. 교회에 나간 거, 그 애가 이 고갤 넘어 떠나면서 날 전도한 셈이죠. 딸년 잃게 된 건 뒤지만 하늘이 깜깜했어요. 미안하고."

미안하단 말, 그 상대가 좀 애매했고 진정성 여부도 좀 걸렸다. 진정성 여부는 곧 마음을 바꾸어 먹었다. 식구들이 다 떠난

처지, 불쌍한 마음이 들었다. 가앙은 내가 온 길로 몇 걸음 가다가 걸음을 멈추고 돌아섰다. 돌아설 것 같은 예감이 맞았다.
"김 선생……. 아, 됐어요."

그는 서서 나를 보았다. 한번 고개를 끄덕이고 하늘을 보았다. 그 순간, 그의 눈에 물기가 어려 잠시 반짝였다. 한 순간이었고 의외였다. 내가 잘못 봤을까. 내 눈에 빤질빤질 윤이 나는 구두에 대한 인상이 남아 있어서였을까. 그러나 분명 그의 눈에서 잠깐 반짝인 물기를 보았다. 그가 무안해 할까봐 나는 잠깐 고개를 돌려 눈을 끔벅였다.

반짝 빛난 한 글자였다. 바람 속에서 찍힌 바람 사진 한 커트라고 할까. 바람 속에서 무슨 글자든 한 글자를 세워보려고 했다. 바람은 한 글자에서 한 글자를 떼어내어 날아가게 하고 한 글자만 남아 있게 했다. "父에서 八을 빼면 乂가 돼요." 한문 선생의 말이 얹혔다. 세 글자, 하늘이나 땅이나 사람의 것인지 확실하진 않은 것이 바람 속에서 나울거렸다. 스쳐지나간 것이 짧았다. 짧아 지우기도 쉬웠으나 그 한 자리에 한 글자 乂가 남았다. 가앙의 아내나 아들이나 딸이 한 자리에서 숨바꼭질을 했다. 소리기호가 말이 되기 위해 한 글자로 미리 있었다.

그 글자에 대해서 좀 더 생각을 해보려는데 그의, 말하려다 됐다며 머뭇거린 말이 그런 글자 타령이 아니라는 반박이 올라

서서 그 글자는 밀었다. 그의 말이 좀 더 구체적인 객관식 문제로 떠올라 당겼다.

①2만 원.("한 2만 원만 줘 봐요. 아들에게 마지막으로 한번 가봐야 하는데…….")
②미안. ("미안해요, 그동안. 우리 아들 끌어내와 괴롭힌 거. 우리도 어려웠어요.")
③소설, 예수.("김 선생, 우리 집 이야기 소설로 한번 써요. 실제로 일어나기 전의 소설 말이오. 소설로 쓰고 떠나요, 멀리. 소설 속에서 우리 아들을 한번 만나요. 우리 부자(父子)처럼 예수 믿으세요. 소설 안에서 만나고 소설 밖 예수 안에서 만나요, 우리.")

답, ①번으로 갔다.
"됐어요."
가앙이 한 번 더 고개를 끄덕이고 하늘을 보았다. 턱을 한번 쳐들어 보이는 모양이기도 했다. "2만원……. 됐으니, 가라."는, 말로 들렸다. 두 번이나 말한 것, 된 것이 아니었다. 더 말할 것 같지 않았지만 나는 조금 더 지체해주었다.
"가요."

서있는 나를 향해 이번엔 손으로 말했다. 손바닥으로 두 번 자기가 선 곳을 다독거리고 펴 내미는 시늉이었다. '가라'가 아닌 '떠나라'로 바꾸어 들었다. 가앙의 그런 멈춤과 손짓을 보기는 처음이다. 잠깐이었긴 해도 인간으로 보인 한 순간이었다. 인간이고 한 아들의 아버지였다.

나는 고개를 얼른 한번 숙여 인살 하고 가앙과 반대방향인 고개로 내려갔다. 2만원에 대한 걱정이 없어진 지점까지 손 말이 따라왔다. 가앙의 입과 눈과 손이 함께 말한 것이었다. 가앙이 선 자리, 고개 근방의 땅과 하늘에서 잠시 맴돌다가 날아온 말이었다. 3지선다형(三肢選多型) ②번의 미안하다는 사죄, 늦고 희미하긴 해도 인간적인 모습이었다. ③번으로 무게중심을 옮겼다. 손바닥으로 두 번 자기가 선 곳을 다독거리며 ②번 말을 하고 펴 내미는 시늉으로 ③번을 더 중요하게 말하고 있었다. 길긴 해도 괄호 속의 말도 무시할 수 없는 것이었다. 소리 없는 말이 괄호 속의 것까지 나타나 보인 것은 소리 이상의 말이기 때문이었다. 길어 좀 못마땅하긴 했으나 아들에 대한 부탁도 있어 무시할 수 없는 것이었다. 우리 영영 헤어지자는 게 아니고 다시 만나잔 말은 사족으로 보였다.

소설을 쓰라. 현실이 아닌 소설로 바꾸고, 소설로 묻어가지고 여길 떠나라. 우리 아들을 한번 만나라. 예수 믿어라.

소설로 떠나란 부탁이 더 진심으로 보였다. 여기는 한동네인 우리들의 주거지였다. 우리들의 역사가 될 만한 현실의 일기의 배경이었다. 그 현실의 일기가 너무 힘들 때엔 소설이었으면 하는 바람을 가질 수가 있다. 그 집의 큰 회리바람을, 큰 사건을 현실로 겪었지만 현실이 아닌 소설로 바꾸어 간직하거나 지우고 싶은 것이 아니었을까. 그의 부탁은 그쪽일 수 있었다. 큰 회리바람, 아무 일도 없었던 빈 들 같은 마당이었어. 그런 허(虛)의 마당에 구(構)하는 소설을 쓰라. 소설 한 편 쓰고 떠나라. 그런 각도에서 생각할 수 있다. 우리가 보고 겪은 걸 이 고개를 넘어오지 않은 시점에서 쓴 소설 속의 것인 양 생각해볼 수도 있다는 말이다. 떠나는 것, 고개를 넘어오기 전의 과거로 떠나는 게 서로를 위해 참 좋은 일이다. 현실에서 실제 일어나지 않은 것도 얼마든지 소설로 만들 수 있다. 소설을 썼는데 그 후에 소설의 일들이 현실에서 실제 상황으로 일어났다면……. 소설이 시간의 길을 따라 외출 나간 그림자처럼 미지의 미래와 악수하는 모양이 되는데 그건 작가의 책임이 아니다. 차후에 일어날 일엔 그는 담을 쌓으며 우릴 떠나보내고 싶어 했다.

우릴 내쫓기 위해 형문을 수용소에서 끌어내온 것, 소설. 전세금 때문에 서로 신경전을 벌인 것, 소설. 형문의 어머니가 맞아 죽는 일, 소설. 큰방 타령을 한 것, 물론 소설. 가앙의 딸 영

순이도 형문이 넘은 고개를 넘게 되는 일, 물론 소설. 그의 말을 다시 확인한다면, 소설 한 편을 쓰되 현실과 차후의 미래와 높은 담 쌓기.

그런 일들이 그냥 소설이었다면 소설 바깥의 현실은 순탄하고 평온할 수 있다. 그 소설 속이 현실의 바깥이나 먼 쪽이 된다. 떠나는 일, 철저히 하기 위해서 그 사건 이전의 곳에서 소설을 쓰라. 소설은 빈 들 같은 허의 마당에 구하는 일이니까 거기 고개를 만들어도 된다. 고갤 넘어 형문의 집에 세들어 큰방 차질 오래오래 해도 된다. 형문을 끌어내오고 자기 어머닐 때려 죽이든 차서 죽이든 괜찮다.

그러면 형문을 끌어내오는 게 소설을 쓴 내가 되는 격이 된다. 그의 어머닐 죽이는 것도, 그의 아버지 가앙이 새 여잘 맞이하는 것도, 그의 누나가 정신병자가 되어 귀국하는 것도 다 작가인 내 소행이 된다. 父에서 八 모잘 벗겨 내고 乂가 되게 하는 것도 내 소행이다. 물론 소설 속 인물 각자의 소행도 전혀 상관이 없다고는 할 수 없다. 작가론을 잠시 생각할 정도로 가앙의 손 말은 예사롭지 않았다.

시간을 거슬러 올라가 이 고개를 넘어오지 않은 때로 떠나자. '자, 떠나자 동해 바다로…….' 노래라도 흥얼거리면서 떠나자. 소설 속에서만 만나고 살자.

가앙의 눈에 어린 물기와 함께 그런 떠남에 대한 생각이 아마추어 작가인 나의 머릿속에 떠올랐다. 그와 조금 전까지 말을 주고받았던 이 고개, 소설이 아닌 현실에서 우리가 처음 이 고개를 넘던 그 먼 과거로 돌아가는 것은 사실 어려운 일이었다. 가겟집에서 그런 말을 들어도 다른 집으로 갈 수는 있었는데 그것도 지금은 방향을 바꿀 수 없는 일, 먼 과거로 떠날 수는 없다. 한 발짝, 그래 한 발짝만 과거로 갈 수 있다면 되는데 그 한 발자국도 어려운 일이다. 그러나 걸음을 멈추고 돌아선 그의 머뭇거린 부탁을 거절하기 힘들어 말했다.

"떠나 볼 게요. 옛날, 이 고갤 넘기 전으로 떠나볼 게요. 옛날의 지금, 고갤 넘고 있어요. 소설 속입니다. 인물은 나 혼자네요. 보이진 않지만 바람도 있네요. 여기 처음으로 와서 고갤 넘는 일, 시작하고 있어요."

말을 했는데 소리가 되지는 않았다. 이 소리 없는 말, 현실 불가능한 일을 한마디 말을 하는 것도 쉬운 일이 아니었다. 말이 곧 행동 그 자체는 아니지만 행동 이전의 반 이상이라 할 수도 있다. 소설 속에서는 많은 사람들이 만나고 떠난다. 눈으로 그 행동이나 발자국을 볼 수 없지만, 실제 일어난 것은 아니지만 만나고 떠난다. 인물들은 작가가 정해준 시간과 공간의 터에서 제 삶의 방향으로 산다. 아무도 그 방향에 대해 시비를 걸지 않는다. 작가는 허의 마당에 설 수 없지만 그 대문 안을 기웃거릴 수는 있다. 한 획 지우는 마음으로, 한 획 보태는 마음으로 빈 마당에 구(構)한다. 그의 가보라는 손짓, 고개를 넘기 전 허(虛)의 마당으로 돌아가 떠나고 있었다. 고갤 넘으면서 시작하고 있었다.

"떠났고 지금 고갤 넘고 있다니까요."

이번엔 소릴 내어 중얼거렸다. 눈을 한번 감았다가 한 발자국, 그 과거의 시점으로 돌아가 발걸음을 내딛었다. 눈을 감으면서 꿈을 뭉갠 적도 있었는데 그런 지혜의 발걸음이나 습성이었다. 고개까지 옮기기는 어렵고 그 이전의 시제에서 지금 발걸음으로 내딛고 있었다.

고개를 넘어왔던 정확한 날짜나 요일이 생각나지 않았지만 상관없었다. 그날이 오늘이기 때문이었다. 아이를 안은 아내는 오늘 오지 않았다. 고개 마루 근처에서 구두를 닦는 한 사람을 만났다. 찬바람이 불었다. 흙먼지를 일으키거나 지푸라기를 날아 올릴 바람이 군데군데 도사리고 있었다. 이 고갯길 때문에 작은 산이 하나 더 생겨나 있었다. 먼 훗날 이 고개에서 다시 가앙을 만난다. 물기가 어려 반짝인 그의 눈을 본다. 그 전에 몇 마디 말을 주고받는다. 그건 소설 후반의 일이고 소설의 앞 오늘은 이름도 모르는 그를 고개에서 만났다. 동산 계단으로 오르는 초입 바윗돌에 한 쪽 신발을 올려놓고 있었다.

"말씀 좀 물어……"

입술까지 닿은 그 말을 물어보지 못한 것은 그가 복덕방 주인은 아니기 때문이었다. 그가 일부러 하던 일을 멈추며 허리를 펴고 서서 돌아봐야 하는 번거로움이 나에겐 부담이 되었다.

나는 그를 지나쳐 넘던 고개를 넘어 내려갔다. 가겟집 앞에는 큰 여자를 포함해서 많은 사람들이 모여 있을 수도 있는데 오늘은 아니었다. 가게주인여자만 있었다. 소설 속에선 상관없는 일이다.

"말씀 좀 물어보겠습니다. 방을 구하는데……"

가겟집은 복덕방 간판은 달지 않아도 그런 일을 부업으로 하는 것처럼 느껴졌다. 그녀가 몇 걸음 밖으로 나왔다.

"아니 학교 김 선생님 아니십니까. 형문이네 집에서 나와 동사무소 옆집 구했잖아요."

형문이네 집 쪽으로 눈길을 주었다.

"방을 하나 구하는데……"

"아 친구 선생이 한 분 또 전근해오는 모양이구나. 알아볼 게요."

가겟집여자는 친절했다. 김 선생? 내가 김가인 줄은 어떻게 알아요? 그런 반문을 해야 했는데 하지 않은 걸 그녀는 알 수가 없었다. 과거와 현재, 현실과 소설 속에서 잠시 잠깐 허둥거리고 있을 때 그녀가 말을 덧붙였다.
"형문이네 집……. 그 집 새 주인이 셈 놓을지 모르겠고 동사무소 옆 다세대주택엔 하나 없던가요. 참, 조금 전에 가앙, 고갤 넘지 않던가요. 지나가는 사람 붙들고 무슨 말을 하지 않던가요?"
'어정쩡한 말로, 눈으로 손으로 객관식 ①②③ 말을 했어요. ③에 더 무게가 실렸는데 소설 안팎에서 만나자더군요. 방, 사실 필요 없고 아줌마와 잠시 소설을 쓴 거에요.'
고개를 끄덕하면서 소리 없는 말로 답했다.
형문이네 집으로 가는 골목으로 서너 걸음, 발을 디뎠다. 그 집으로 가는 골목과 동사무소 옆집으로 둘러가는 골목이 한 글자를 만들어 놓고 있었다. 乂자였다. 乂는 앞 한 부분 상관없이 독립하여 있었다. 그 골목에 섰다. 찬바람이 낯을 스쳤다. 소설의 골목에서, 바로 내 눈앞의 골목에서 나는 혼자인 형문의 그림자 몸뚱어리를 만나 악수했다. 그의 손, 까칠했고 체온도 느낄 수 있었다. 그의 얼굴, 몸뚱어리 형상의 그림자였다. 소설의 서두(序頭)도 되고 결미도 될 수 있는 장면이었다. 현실의 그림자를 거둬내면 내 소설을 위하여 그가 나를 친히 만나려고 이 골목에 선 것일 수 있었다. 차츰 현실의 그림자가 승(勝)해지면서 결미 쪽으로 기울어졌다.

"밥은 먹었나?"

"……예."

그가 한 템포 늦은 답을 했다. '축하합니다.' 한마디 말을 입에 넣어주었으나 그는 먼, 딴 곳을 바라보고 있었다.

"뭘?"

축하한단 말도 없었는데 되물었다. 어정쩡 예수 믿게 된 것, 축하받을 일이었다.

"가아라."

가라고 했다. 집으로 가란 말인지 실로암으로 가란 말인지 애매한 말이었다. 그 애매한 말에 답을 하지 않고 그냥 서있었다. 그림자 몸뚱어리니 느릴 수는 있었다. 무슨 말이든 그에게 더해야 했다.

"자네 아버지, 악질이고 위선자야. 그런데 그 위선의 탈을 다 벗진 못해도 예수 믿게 되었어."

"아버지."

육신의 아버지인지 하나님 아버지인지 애매한 말 한마디로 응했다.

"솔직히 나도 위선자야. 위선의 면에선 자네 아버지보다 더 고수일 거야. 소설이 위선은 아니지만 그 옷으로 나를 많이 가렸어. 아직 아내에게도 고백하지 않은 말 할게. 나, 아직 어정쩡하긴 해도 예수 믿게 되었어. 돌보다 더 단단한 위선 덩어리인 내가 어정쩡 예수 믿게 되었어. 자네 덕분이랄까. 자네 집에 들어간 거, 하나님께서 날 구원하시기 위해서였네. 자네 아버지가 나에게 부탁하기 전에 교회에 나갔고 말씀이 귀에 들어오게 되었어, 한날."

객관식 ③이란 말은 하지 않았다.

"알고 있어요, 나. 내가 제일 먼저 믿었지만 나중 된 선생님이 더 1등 신앙인이 될 거에요."

객관식 ③을 알고 있단 투로도 들렸는데 그건 아니었다. 고개 근방의 땅과 하늘 근방에 맴돌다가 날아온 3지선다형 중의 그 말을 해버릴까 망설이고 있는데 형문이 한마디 더했다.

"아버지."

이번엔 하나님 아버지 쪽으로 들렸다.

"자네 아버진 소설을 외진 곳의 이불로 사용하려 했고 나는 외식이나 위선의 옷으로 사용하려 했었네. 소설 아니잖아, 우리의 사건 이야기."

고갯길에서 머뭇거린 말, 객관식 ③을 형문이 알 리는 없으나 축하한다는 말을 듣지 못한 대신 더 이야길 했다.

"사모님께 고백하세요. 좋아하실 거에요."

정신이 멀쩡한 사람처럼 말했다. 그래 고백할 게. 잘 믿지 않을 거야.

"그러지 뭐. 우리 둘, 이 골목에서 만나 서서 이야길 나누었던 것 비밀로 하자."

"그러죠 뭐. 근데 알 사람은 다 알아요. 맨 나중인 선생님이 우리 남자 셋 중 1등입니다. 소설의 옷을 잠시 입고 선 것, 그게 사랑일 수도 있어요. 아, 소설의 특성 중에 진실성도 있잖아요. 맨 처음이었던 우리 아버진 3등입니다. 우리 집 이야기, 소설로 묻어가지고 멀리 떠나라고 한 것, 위선의 탈을 완전히 벗긴 어려울 거에요. 근데 그것만도 얼마나 큰 기적인지 몰라요. 은혜의 바람이 부는 고갤 넘고 있는 거에요. 그건 그렇고 축하합니다."

"뭘?"

듣던 중 반가운 소리여서 되물었다.

"우리학교 교지 '신어'를 맡아 내셨잖아요. '금바다'란 부제도 붙이셨잖아요. 생명의 물, 물고기가 살아 헤엄을 치면서 다니잖아요. 우리집 이야기도 소설로 쓰고 있죠? 제목 '활천(活泉)-활천(活川)'이죠? '실로암—실로암'도 괜찮은데……."

"맞다. 2마리 물고기 곳. 실로암, 오늘은 가아라."

책이 다 되었다는 연락을 받았다. 형문은 그걸 미리 알고 있었다. 2마리 물고기에 대해선 설명을 붙이지 않았다. '우리 둘'로 들을 수도 있다. 실로암으로 가란 말로 들을 수 있다.

　형문의 그림자 몸뚱어리가 사라졌고 나는 얼른 그 골목을 벗어났다. 아무도 본 사람은 없었다.

신어산神魚山에 올라

　교지 '신어'가 완성되어 1,000여 명의 학생들과 교직원들과 동창회원들의 손에 쥐어졌다. '금바다'가 '신어'를 반 이상 덮은 책이었다. 야릇한 기분으로 가까운 신어산에 올랐다. 산에서 보이는 활천(活川) 동네도 내려다보았다.
　이런저런 글에서 신어의 뜻이 귀신이나 거북이 아닌 것을 조금 알게 되었다. 가까운 구지봉(龜旨峯)의 전설, 구지가(龜旨歌)의 龜何龜何도 '거붏하(거북아) 거붏하'가 아닌 '구합니다 구합니다'로 읽어야 되는 것도 조금 알게 되었다. 알게 된 것은 김수로의 기도문이었다. 신어가 금바다를 금바다가 신어를 밝게 덮고 있었다. 신은 주 예수였고 신어산은 오병이어(五餅二魚)의 이어(二魚)였다. 이어 역시 예수였다. 여기서 보이지는 않지만, 김수로가 창건했다는 만어산(萬魚山)의 만어는 주 예수의 만백성이었다. 시간을 내어 한 번, 시간이 남아서 한 번 만어산에 올라 만어사 앞에 서본 적이 있었다. 만어(萬魚)처럼 보이는 돌들, 너덜겅 한곳에 '김수로가 창건했다는 설이 있다.'란 팻말을 보았다. 절이었다. 그런데 불교가 우리나라에 들어온 시기가 삼국시대, 3세기인 점을 고려하면 절이 아니었다. 교회도 사(寺)를 붙여 쓴 적이 있었다. 김수로는 1세기 때의 사람이었다. 지금 여기서 내려다보이는 활천(活川)은 살아있는 물고기의 물이었다. 한자가 하나 다른 활천(活泉)은 그 근원인데 멀어 보여도 바로 가까이, 이어져 있을 수가 있었다.

　소설로 썼다. 지금 쓰고 있는 것, 소설 바깥의 이야길 소설 안으로 끌어온 것이었다. 형문의 집 이야긴데 나의 이야기도 된다. 악령의 바람이 불었고 성령의 바람이 가까이 있었다. 성령의 바람을 위한 고난일 수도 있었다. 그 즈음, 바람을 바라볼 수 없는 나에게 큰 사건이 일어난다. 성령의 사건이다. 생명의 말씀이 나에게 들어오신 일이다. 엄청난 기적일 수가 있었다. 이 일이 사실 더 큰 것이고 긴 것일 수가 있는데 그걸 자세하게 쓰지 못하였다. 악령의 바람이 주위를 맴돌고 있는 형문의 집 이야길 자세하게 썼다. 큰 걸 자세하게 쓰지 못한 것을 문득 시 1편으로라도 대신하고 싶은 맘이 생겼다. 상징성을 띤 요약일 수 있다. 제목, '신어산에 올라'

생명의 말씀
읽어도 읽어도 들어도 들어도
도무지 눈에 귀에 들어오지 않았다
생명은 어디에서 왔는가?
물질은 어디에서 왔는가?
날아온 내 속의 질문은 생명 쪽인데
물질로 슬쩍 바꾸었다
그래 유(有)의 물질
분자 〈 원자 〈 미립자 〈 알파(α)
작고 작은 처음 것, 그 알파는 그럼 어디에서 왔는가?
그 답을 사람의 범위에선 찾을 수가 없었다
〈하나님께서 태초에 하늘과 땅을 창조하셨습니다.〉
성경 첫 문장, 답
눈물이 났다
눈에 귀에 들어온 말씀, 하나님께서 나타나신 일이었다

나의 신어산이었다

손을 들고 그 말씀 곁에 갔다, 속에 들어갔다

생명의 근원에 계셨던

말씀 속에 계시는

십자가 속에 계시는 주님을

한 걸음 가까운 곳으로 다가가 만났다

신어산에 올라

주님을 만난

눈물의 감격의 단을 오늘 쌓았다

활천活泉 — 활천活川

　　차갑고 수상한 바람이 불었던 활천고개를 넘고 넘은 한동안의 세월이었다. 그 세월의 끝에 활천(活川)의 활천(活泉)교회에 나가게 되었다. 이야길 끝맺으면서 그 고개 이름과 교회 이름을 들먹인 것은 여유가 생긴 탓이었다. 활천(活泉)이나 활천(活川), 살아있는 물(The Living Water)이었다. 활천(活川)의 활천(活泉)이나 활천(活泉)의 활천(活川)이 될 수 있었다. 관심을 갖고 전해 내려오는 이야길 찾아보기도 했다. 가앙과 마주 앉으면 이야기하고 싶은 것이었다. 형문을 만나면 들려주고 싶은 내용이었다. 좀 깊이 파고 들수록 깊어졌다. 시간적으로 너무 먼 이야기였다. 고개 하나 넘거나 고개 이름 하나로는 어림도 없는 이야기였다. 오병이어의 물고기가 여기저기 이야기 거리로 붙어있었다. 뒷산 신어산도 바로 그 물고기에 관계되었다. 이야기 거리, 간단히 적바림해두자.

이서국(伊西國) 왕은 전쟁의 패색(敗色)이 짙어지자 그 아들 뇌질청예(惱窒靑裔)를 떠나게 하였다. 청년 뇌질청예는 성을 탈출하여 김해(金海)에 있는 도마를 찾아갔다. 아도간의 집에서 말씀을 전하는 사도 도마의 앞에 엎드렸다. 도마는 그 청년에게 먼저 침례(浸禮)를 베풀고 김수로(金首露)라는 침례명을 주었다. 오병이어의 깃발을 수로에게 주고 기름 부어 왕으로 세웠다. 물고기 뜻의 이름 가야(伽倻)의 왕이 되었고 김수로의 나라여서 금관가야(金官伽倻)라고도 했다.

＜구합니다 구합니다 우리가 구합니다. 우리의 머리가 되신 주님이시여 오셔서 우리를 구원하소서. 우리의 왕이 되시고 하나님의 나라를 이루소서. 그렇지 않으면 적들이 와서 우리를 불사르고 죽일 것입니다.＞

그 간절한 기도가 구지봉을 흔들었다. 서기 42년 음력 3월 3일이었다. 축복의 땅, 가야. 일찍이 철(鐵)을 바다를 통해서 수

출했던 나라, 가을이면 황금벌판에 곡식이 바다처럼 일렁이는 들, 김수로와 구간(九干) 들의 기도가 이루어지고 있었다. 그 후손들의 삶이 풍요로움으로 일렁이고 있었다. 황금벌판의 한곳 초선대(招仙臺)는 2대 거등왕(居登王)이 현인(賢人)들을 초대해서 그 소리를 듣고 논의했던 곳. 백성들의 소리를 들으면서 가야의 무궁함을 기획했던 곳, 김수로의 기도가 이어지고 있었다. 김해는 은빛바다 물고기 이야길 품고 금빛 생명의 들(野)로 떠올라 펼쳐지고 있는 사람의 땅이었다. 물고기 이야기는 바다만큼 땅만큼 깊고도 넓었다. 김수로 왕릉의 쌍어문(雙魚門), 허 왕후 능의 물고기 문양 비석, 활천(活泉)으로 솟아 활천(活川)으로 흐르는 물 등이었다. 가야(伽倻)는 드라비아(dravya)어로 물고기, 그 물고기는 초대교회 기독교인들 사이의 암호로도 쓰였는데 침례(浸禮)의 의미도 든, 은혜의 생명어였다. 신어산의 물고기는 오병이어의 2마리 물고기, 배고픈 백성을 먹인 음식. 은혜의 생명어(生命語) 쪽에서 보면 예수와 김수로일 수도 있고 김수로 대신 만(萬)백성 중의 하나일 수도 있다. 만백성의 상징, 만어산(萬魚山)도 밀양 쪽에 있었다. 김수로가 지었다는 설이 있는 절이었다. 불교가 이 땅에 들어온 시기(3세기)가 아니어서 절이 아니고 교회나 기도처일 수도 있었다. 교회에 사(寺, temple))를 붙인 시절도 있었다. 활천(活泉), 살아있는 샘으로 솟아올라 푸른 생명의 들 활천(活川)으로 흘러 가야로 깃들었다. 황금벌판바다 김해는 하늘의 땅의 사람의 활천(活泉)에서 가야로 이어 흐르는 활천(活川). 가야는 생명의 샘[泉] 내[川] 터였다.

수로왕과 허황옥과의 결혼을 연결하면 오병이어의 선교여행 길이 너무 길고 멀어 보였다. 이스라엘에서 인도를 거쳐 우리 땅 김해까지가 길고 AD.42년도 멀었다. 그 길고 먼 게 '활천(活泉)-활천(活川)'에 슬쩍 얹히므로 가까워졌다. 이음줄표 속에 바람이 불었다. 악령의, 성령의 것이었다.

간단히 적바림한 걸 두 사람에게 이야길 해보고 싶었다. 둘의 반응을 좀 보고 싶어서였다. 방법, 눈을 감고 맘속으로 둘과 만나서 할 수가 있다. 더 줄여야 되는 문제도 있었다. 좀 어렵긴 해도 청자도 눈을 감으면 문이문(門耳聞), 먼 서로의 문(門)에 귀[耳]를 달고 들으면(聞) 들릴 수가 있다. 김해(金海)를 금바다로 바꾸어 신어를 반 덮은 말기술로 門耳聞이란 말을 금방 하나 지어냈다. 진리의 문(門) 귀[耳] 쪽이면 믿음을 얻을 수 있는 들음(聞)이었다. 고난과 역경의 터 위에서 귀를 더 열게 할 수도 막게 할 수도 있었다. 열리거나 닫는 문(門)일 수도 있다. 나의 경우는 열린 쪽이었다. 가양과 형문은? 열려야 한다. 둘을 만나고 싶었다. 오라. 왔다.

"활천(活泉) - 활천(活川), 둘 사이의 긴 길에 이음줄표를 썼습니다. 이런저런 바람이 불었고 오병이어의 깃발을 가진 사도 도마 앞에 김수로가 엎드렸습니다."

"에이 재미없어요. 무슨 말인지 모르겠네."

가얏의 반응이었다. 문(門) 벽 안에서 답을 했다.

같은 내용을 낮춤 어투로 바꾸어서 형문에게 좀 길게 말했다.

"하하 재미있네. 실로암에서 듣는 것에 플러스 알파, 재미있네요."

좀 먼 문 바깥에서 답을 했다.

"춥다, 형문아. 자네가 지금 정상적인 말을 하고 있구나. 가망이 없다는 뜬소문이 있었긴 해도 그건 소문이고 다 나은 것 같네. 축하해."

"먼 샘 곳에 실로암 못이 있고 내가 사는 곳도 실로암인데 실로암에서 몸을 씻었더니 내 속이 다 나았어요."

듣던 중 반가운 형문의 반응이었다.

"우리 둘, 활천(活川) 한 동네 사람이다. 그리고 니가 나온 학교 교지 '신어'를 내가 냈다."

이번엔 자랑하는 말을 슬쩍 하나 붙였다.

"축하해요. 신어산에 한번 올랐죠? 신어산 아래 활천(活川)의 집에서 좀 먼 문 바깥인데 여긴, 거기……. 돌아갈 집이……. 없어요."

아버지어머니와 같이 살던 집을 말하고 있었다. 그 말 때문에 감은 눈 속으로 눈물이 괴었다. 흐를 정도는 아니었다. 한마디 답을 해야 했다.

"신어의 근원 활천(活泉) 실로암, 그 활천에서 그냥 있어라. 그냥 있어라."

이번엔 답이 없었다. 먼 문을 닫았다. 실로암에서 그는 눈을 감고 귀를 닫았고 나는 실로암이 아닌 곳에서 눈을 떴다.

눈을 감고 맘속으로 둘과 만나서 나눈 이야길 아내에게 슬쩍 해봤는데 귀를 닫았다. 성경도, 설교도 아닌 것 듣길 거부했다. 눈을 감지 않고 아내와 형문의 두 귀에 덧붙여 말했다. 소리가 없는 말이었다.

"활천(活泉)에서 활천(活川)으로 괴어 흐르는 물속에도 바람이 섞여 흐를 수 있어요, 있다. 활천(活川)에 불어왔던 바람, 지나가고 새 바람이 이네요, 인다."

에필로그

활천(活川)/ 스산한 바람이 부는 고갯길 너머 넘어 한 집, 큰 방에 세 들었다. 신어산(神魚山) 기슭의 활천(活川)고개였다. 그 고개 너머 동네가 활천이었다. 행정상의 지명은 삼정동(三政洞)인데 활천이란 이름을 더 많이 썼다. 방이 커서 먼저 눈에 들어온 것, 바람은 눈을 통해서도 불었다. 큰방이 앞으로 전세금 문제의 핵심 소재가 된다.

실로암/ 우리는 예정대로 이살 했다. 계약서에 삼정동 몇 번지가 들어갔다. 실로암은 못 이름인데, 한 정신병환자 요양소의 이름에 붙였다. 그 실로암에 있었던 그 집의 아들 형문이 거기서 나와 우리가 세든 집의 갓방에 들어온다. 굳게 닫힌 그 방, 이상한 기류의 바람을 정적이 감싸고 있었다. 잔잔해 보이는 못에 바람이 고여 있을 수 있듯이.

사시(斜視)/ "일 났어요, 기어이. 어쩌면 좋아요. 이 집에서 앞으로 어떻게 살아요, 여보?" 마루에 나와서 서있는 나를 방 안으로 끌고 들어가서 아내가 말했다. 나는 이상한 기류의 바람을 정적으로 감싸며 닫혀있었던 그 방을 생각하면서 괜히 가슴이 뛰었다. 아내의 말, 걱정이 바로 집 울 안 가까이 왔다. 방 밖으로 나온 그를 목격하였다. 위나 옆이나 아니면 다른 어떤 더 먼 것을 보거나 아니면 어떤 것에 사로잡혀 있는 그 집 아들 형문의 눈. 그 눈을 피해 햇살 속의 한 가닥 바람이나 바람 속의 한 올 햇살의 흔들림을 내가 눈여겨본 것, 좋은 습관이 아니었다.

가위표(乂)/ 동네사람들이 그 집을 향해 손가락질을 하고 침을 뱉은 적이 있었다. 하늘을 쳐다보고 내뱉은 말이었다. 한 글자를 뱉은 말에 붙였는데 나의 안 좋은 습관이다. 사방팔방 머리로 울로 감싸는 모양인 아비 父에서 八이 떨어져 나간 乂. 가위푠데 벨 예다. 가위표가 된 집, 전세금 문제가 어려워졌다. 그런 중에 교회에 억지로 나가 한 설교를 듣는다. 설교 제목이 '포기와 순종'이었는데 재미나게 귀에 들렸다. 설교 말씀이 귀에 들어온 거, 신기한 일이었다. 포기의 핵심은 돈이고 순종의 핵심은 예수였다. '미안하지만 포기가 다 안 되겠는데요.' 선을 그으면서도 귀에 그 말이 들어온 거, 신기했다. '소설 속에서나 가능한 일, 미안해요.' 훗날 돈보다 미안함보다 소설과 예수에 더 무게를 실어 바라보는 일이 생긴다.

천원(天元)에 놓는 돌/ 신어산 기슭의 활천고개를 넘어 활천의 한 학교의 교지(校誌) 내는 일을 맡았는데 너무 힘들었다. 신어산 기슭에서 너무 험한 바람을 맞고 있다는 생각 때문이었다. 신어, 거북이 떠올랐는데 거기 귀신이 붙어있는 기분이었다. 동창회를 찾아갔다. 그 이름 바꾸는 것, 어림도 없었다. 부제(副題)를 붙였다. '금바다'였다. 김해(金海)를 풀어쓴 이름이었는데 '신어'를 좀 덮는 것이었다. 훗날, 귀신이 아니고 영 다른 뜻의 것을 알게 될 즈음에는 신어산 기슭의 활천을 떠날 즈음이었다. 동창회원들, 천원(天元)을 볼 줄 하는 눈들이었다. 가상공간에서 형문과 낙서된 말들로 바둑을 둔 일이 있었다. 나는 천원에 백 낙서 단어들을 놓았다. 사시인 형문은 천원도 사선 바깥도 아닌 곳에 흑 단어들의 돌을 놓았다. 그런 경험으로 마루 건너 맞은편 갓방에 있는 형문의 세계를 엿보게 되었다. 천원(天元)을 좀 볼 수 있는 눈과는 다른, 그러나 꼭 다르다고만은 볼 수 없는 그런 눈이라고 할까. 옆에 가서 옆 눈으로 살펴보며 같은 바람을 쐬는 그런 다가감이나 엿보는 일이었다.

아픈 식탁/ 잠시 주춤하여 물러섰던 바람은 다른 패거리를 불러 왔다. 불빛보다 더 깊고 무거운, 어둠에 묻혀 가는 풍물들이 거센 숨을 몰아쉬면서 눈을 뜨기 시작하였다. 안온한 식탁은 멀었다. 아픈 식탁이 가까이 있었는데 고갯길 아래 한 동네에서 만난 한 무더기의 바람일 수 있었다. 활천고갯길 너머 활천인데 그 활천의 속에 그런 바람이 숨어있어 보였다.

1-1=1/ 처음 1은 한 가정일 수도 있고 한 사람일 수도 있다. 마이너스 1의 자리에 형문이나 그의 아버지 가앙이 들어갈 수 있다. 답 1의 자리에 역시 형문이나 그의 아버지 가앙이 들어갈 수 있다. 그의 어머니 당동댁이 앉을 수도 있다. 형문이 기거하는 방, 그가 창문을 왕창 깨트렸다. 그 사건 현장을 우리가 찍지 못한 대신 한 공식을 만들었다. 마이너스 공식이었는데 바로 그 날은 아니다. 1-1=1

담 구멍/ 옆집 담 구멍 곁의 가앙을 본 그 며칠 뒤, 형문이 유리창을 깨게 된 며칠 전에 이쪽에서 그 담 구멍을 문득 보고 싶어 가까이 갔다. 내 눈을 그 담 구멍에 가까이 댔다. 나는 그 담 구멍을 통해서 가앙의 눈과 마주쳤다. 그 눈으로 말미암아 두 사람의 시야가 동시에 막혔다. 어둡고 흔들리는 눈빛이었다. 가앙의 눈, 나의 눈, 형문의 눈이었다.

그 어머니의 신령/ 미닫이를 벽으로 한 뒷방, 조용히 들어가 앉은 당동댁은 다른 날에 비해 오랫동안 치성상 앞에 매달렸다. 불도 켜지지 않은 밤이었다. 형문은 그 어머니의 신령을 상 앞의 촛불에서, 바깥 고양이에게서 찾았으나 잡히지 않았다. 밤새 이불 속에서 떨며 안간힘을 썼다. 깨진 창문 자리에는 커튼이 살아 움직였다. 밤이 지난 새날은 불이 하나라도 더 켜지거나 들어간 때 곳으로 기다려졌다. 그 시점 지점의 거리가 멀었다. 배가 고팠으나 몸은 무거웠다.

父-八=乂/ 사고가 더 여물어지거나 깊어지는 느낌이었다. 아들 피해 옆집으로 간 가양은 그 집에서 잘 살고 있어보였고 당동댁은 남편의 밥을 여전히 날랐다. 밥의 자리에 父가 얹혔다. 父자에서 八을 내가 떼어냈다. 아비 父에서 위 八이 떨어져나가고 남은 乂도 한 글자였는데 밥의 맛이 흩어졌다.

"한자에도 가위표가 있어요, 그 위에 八이 얹어지면 아비 父가 되지만 父에서 여덟 八이 날아가면 가위표인 벨 乂가 되죠."

무슨 말 끝에 어느 한문 선생이 한 말이다.

아버지 사촌/ "이팔이 십육, 삼칠이 삼칠이······." 형문이 종숙에게 한 말. "이팔이 이팔." 며칠 뒤 나에게 한 말. 욕설같이 들린 이팔이 28, 그의 나이일 수도 있겠다 싶은 생각이 후에 든 적이 있다.

반절(半切)/ "아버지, 실로암." 형문이 실로암을 붙여 아버질 불렀다. 온전한 문장의 말은 아닌, 반절이었다. 그러나 정신이 잠깐 돌아온 때의 이어진 말이었는데 내가 알아듣지 못한 것이 었다. 옆집으로 간 아버지가 아닌, 하나님을 아버지라고 불렀다. 반절도 잠깐이었다. 그는 말을, 정신을 다시 잃고 있었다. 어제 오늘처럼 어머니의 눈을 속여 약을 먹지 않아도 별수 없었다.

고양이탈바가지모자/ 형문은 화가 났다. 고양이가 어머니의 머리에 숨어 있는 것도 화가 났고 내려오지 않는 것도 화가 났다. 화가 난 그는 그것에게 공격을 했다. 그의 손발은 힘이 생길 때마다 자기 것이 아니었다. 돌돌 만 종이뭉치가 어머니 손에서 떨어져 나와 뒹굴었다. 아, 저게 조금 전까지 고양이탈바가지모자였구나.

활천(活川)고개 넘기/ 어둠이 조금씩 비에 섞여 내렸다. 병원 침대에 눕혀 링거 주사기에 꽂힌 당동댁이 집으로 돌아왔다. "이제 시간을 다투어 죽게 될 사람 탓해서 무얼 하겠습니까. 돈은 장례가 끝나는 대로 즉시 해결해주겠습니다." 사정 반 위협 반으로 말했다. 요지는 큰방이었다. 아내는 계속 울었다. 지금까지 버틴 것과 이런 판국에 방을 내놓아야 하는 셋방살이에 대한 설움이 겹쳤다. 가앙이 나에게 현금보관증을 써주었다. 이 종이쪽지 때문에 우리는 한 달 뒤에, 그러니까 보관증에 명시된 반환 날짜에 정확하게 돈을 받아낸다. 두 장정이 형문을 끌고 마당으로 나왔다. 아무도 끌려 나가는, 끌고 가는 그 일행에 대해서 의견을 말하지 않았다.

형문은 어두워 길인지 산인지 잘 분간도 안 되는 고개를 넘기 시작했다. 실로암의 불빛은 보이지 않았으나 멀고도 가까웠다. 빈들 같은 과거 같은 곳으로 묻혀가면서 그런 중에도 얼굴을 온통 붕대로 덮은 어머니의 모습이 떠올랐다. 일어나면 말해보리라.

"고양이탈바가지모잔 사실은 없었어. 고양이 놈이 제 몸을 감추고 있었던 모양인데 내려와라 해도 말을 안 들었어. 길가 담배까지 다 주워 먹은 고약한 그놈, 참을 수 없었어. 미안해, 엄마. 푹 자고 일어나 있어."

빈 들/ 영순은 아버지의 손에 붙들려 고개를 넘었다. 이방(異邦) 어둠의 손이었다. 그녀의 눈앞에는 크고 작은 동그라미들이 난무했다. 빈 들 같은 과거 같은 곳으로 걸어가면서 그런 중에도 어머니의 모습이, 동생의 모습이 떠올랐다.

"엄마는?" "잊어버리고 그만 가거라."

"형문이는?" "잊어버리고 그만 가거라."

"어딜?"

이번에는 가앙이 정신이상이 되어 있는 딸에게 답을 주지 않았다. 답 대신 표 1장을 건넸다.

결미(結尾)를 위하여/ 형문을 한 번 더 만나는 자체가 이야기의 결미가 될 것 같은 생각을 했다. 소설 속에서 만나는 일이다. 소설 같은 꿈을 꾸는 일이다. 꿈을 꾸었다. 우리는 가깝고 자유스러운 공간에서 만나 이응놀일 하면서 놀았다.

"아버지." "어머니." "아들." "예수."

꿈을 깨고 훗날 짧은, 한 꿈을 이었다. 父子 골목에서 형문을 만나 악수(握手)를 하는 일이었다.

객관식 ③소설, 예수/ 소설의 골목에서, 바로 내 눈앞의 골목에서 나는 혼자인 형문의 그림자 몸뚱어리를 만나 악수했다. 소설의 서두(序頭)도 되고 결미도 될 수 있는 장면이었다. 객관식 ③의 실행이기도 하다.

③소설, 예수.("김 선생, 우리 집 이야기 소설로 한번 써요. 실제로 일어나기 전의 소설 말이오. 소설로 쓰고 떠나요, 멀리. 소설 속에서 우리 아들을 한번 만나요. 우리 부자(父子)처럼 예수 믿으세요. 소설 안에서 만나고 소설 밖 예수 안에서 만나요, 우리.")

고개에서 본 말, 형문의 아버지의 부탁이었다. 차츰 현실의 그림자가 승(勝)해지면서 결미 쪽으로 기울어졌다. 서두와 결미가 악수하였다. 현실과 소설이 악수하였다.

신어산(神魚山)에 올라/ 형문의 집 이야길 소설로 썼다. 나의 이야기도 된다. 악령의 바람이 불었고 성령의 바람이 가까이 있었다. 성령의 사건이다. 생명의 말씀이 나에게 들어오신 일이다. 엄청난 기적일 수가 있었다. 이 일이 사실 더 큰 것이고 긴 것일 수가 있는데 그걸 자세하게 쓰지 못하였다. 생명의 말씀이 나에게 들어오신 일, 엄청난 기적일 수가 있었다. 신어산에 올라 지금의 큰 걸 자세하게 쓰지 못한 것을 문득 시 1편으로라도 대신하고 싶은 맘이 생겼다. 상징성을 띤 요약일 수 있다. 제목, '신어산에 올라'

-생명은 어디에서 왔는가?

'하나님께서 태초에 하늘과 땅을 창조하셨습니다.'

성경 첫 문장, 답

신어산에 올라

주님을 만난

눈물의 감격의 단을 오늘 쌓았다

쓴 시를 다시 요약한 것이다.

활천(活泉) – 활천(活川)/ 오병이어(五餠二魚)의 깃발을 갖고 온 도마나 침례를 받는 김수로에 얽힌 깊고 먼 이야길 가앙이나 형문에게 들려주고 싶었다. 이음줄표(–) 속에 들어있는 긴 길,

바람 이야길 수가 있었다. 앞의 이야기보다 더 길어질 수 있는 것을 적바림한다. 눈을 감고 먼 문 바깥에 있는 둘에게 이야기한다. 두 활천이나 이음줄표(-), 가야(伽倻)나 신어(神魚)는 플러스 알파(α) 이야길 수가 있다. 먼 형문의 말 중에 알파가 있었다.

차갑고 수상한 바람이 불었던 활천고개를 넘고 넘은 한동안의 세월이었다. 그 세월의 끝에 활천(活川)의 활천(活泉)교회에 나가게 되었다. 이야길 끝맺으면서 그 고개 이름과 교회 이름을 들먹인 것은 여유가 생긴 탓이었다. 활천(活泉)이나 활천(活川), 살아있는 물(The Living Water)이었다. 활천(活川)의 활천(活泉)이나 활천(活泉)의 활천(活川)이 될 수 있었다. 관심을 갖고 전해 내려오는 이야길 찾아보기도 했다. 가양과 마주 앉으면 이야기하고 싶은 것이었다. 형문을 만나면 들려주고 싶은 내용이었다. 좀 깊이 파고 들수록 깊어졌다. 시간적으로 너무 먼 이야기였다. 고개 하나 넘거나 고개 이름 하나로는 어림도 없는 이야기였다. 오병이어(五餅二魚)의 물고기가 여기저기 이야기 거리로 붙어있었다. 뒷산 신어산(神魚山)도 바로 그 물고기에 관계되었다. 이야기 거리, 간단히 적바림해두자.

이서국(伊西國) 왕은 전쟁의 패색(敗色)이 짙어지자 그 아들 뇌질청예(惱窒靑裔)를 떠나게 하였다. 청년 뇌질청예는 성을 탈출하여 김해(金海)에 있는 도마를 찾아갔다. 아도간의 집에서 말씀을 전하는 사도 도마의 앞에 엎드렸다. 도마는 그 청년에게 먼저 침례(浸禮)를 베풀고 김수로(金首露)라는 침례명을 주었다. 오병이어의 깃발을 수로에게 주고 기름 부어 왕으로 세웠다. 물고기 뜻의 이름 가야(伽倻)의 왕이 되었고 김수로의 나라여서 금관가야(金官伽倻)라고도 했다.

〈중략〉

간단히 적바림한 걸 두 사람에게 이야길 해보고 싶었다. 둘의 반응을 좀 보고 싶어서였다. 방법, 눈을 감고 맘속으로 둘과 만나서 할 수가 있다.

〈중략〉

"우리 둘, 활천(活川) 한 동네 사람이다. 그리고 니가 나온 학교 교지 '신어'를 내가 냈다."

이번엔 자랑하는 말을 슬쩍 하나 붙였다.

"축하해요. 신어산에 한번 올랐죠? 신어산 아래 활천(活川)의 집에서 좀 먼 문 바깥인데 여긴, 거기……. 돌아갈 집이……. 없어요."

아버지어머니와 같이 살던 집을 말하고 있었다. 그 말 때문에 감은 눈 속으로 눈물이 괴었다. 흐를 정도는 아니었다.

〈후략〉

-'신어산(神魚山)에 올라' 일부

차갑고 수상한 바람이 불었던 활천고개를 넘은 한동안의 세월 뒤에 두 부자(父子)와 만나 나눌 수 있는 이야기다. 이야기 끝의 형문의 반응에 눈물이 괴었다.

활천(活泉)–활천(活川) 살아있는 눈 속에서도 괴어 흐르고 있었다.

김동곤 장편소설
활천活泉 — 활천活川

인쇄 2024년 6월 18일
발행 2024년 6월 20일

지은이 김동곤
발행인 서정환
펴낸곳 신아출판사
주소 서울시 종로구 삼일대로 32길 36(익선동 30-6 운현신화타워) 305호
전화 (02) 3675-3885, 010-3231-4002
팩스 (063) 274-3131
이메일 sina321@hanmail.net
출판등록 제465-1984-000004호
인쇄·제본 신아문예사

저작권자 ⓒ 2024, 김동곤
이 책의 저작권은 저자에게 있습니다. 서면에 의한 저자의 허락없이 내용의 일부를 인용하거나 발췌하는 것을 금합니다.
COPYRIGHT ⓒ 2024, by Kim DongGon
All rights reserved including the right of reproduction in whole or in part in any form.
저자와 협의, 인지는 생략합니다.
잘못된 책은 바꿔 드립니다.

ISBN 979-11-93654-62-0 03810
값 14,500원

Printed in KOREA